U0869777

太空旅行者

16 8PX 733 V 1171993WZ 00TR03267 YC X003

一级机密任务指令

阿尔法计划

你被选中了

人类正面临着灭绝的危险，我们需要你的帮助，来帮助地球免受黑暗的困扰。

加入太空旅行者的队伍，登录WWW.VOYAGERSHQ.COM，获取你的一级机密任务指令。我们需要你担任ZRK机器人的指挥官，征召和训练ZRK小分队，和它们一起探索广袤的太空。

我们不接受失败。

Shawn Phillips

肖恩·菲利普斯

太空旅行者项目十号基地指挥官

阿尔法计划

任务目标//
元素提取01

注意

若要解开本书中的密码，请访问
WWW.VOYAGERSHQ.COM。

八位入围者已经产生。

但最终只有四位能成为太空旅行者，去到遥远的星系尽头并返回地球。

而我会是他们的向导。

蒸汽6000

ZRK机器人探测数据 J-16行星

太空旅行者

一级机密任务指令

阿尔法计划

机 密

安全更新

为确保阿尔法计划的成功，所有队员和技术员不得与直接指挥系统外的任何人谈论任务细节。本命令面向云豹号飞船所有队员。命令即刻生效！关于任务细节的所有信息，以队员需要知道的为原则进行提供。

1000
500
0.66
14.8
地形数据
J-16行星/439-445区
云猫号计划登陆区域
面临的危险
J-16行星上发现不明生物，极具攻击性。队员执行任务务必小心。

十号基地报告

任务指令

注意：仅限被授权人员知悉

所有队员必须立刻报到，进行战术训练和深空状态下ZRK机器人探测操作训练。你们的参与对本次行动的成功至关重要。

- 破解书中密码
- 加入一级机密任务
- 创造你自己的ZRK机器人指挥官
- 探索太空的深处
- 赢取徽章，解锁奖励，争取升级

现在登录，开始你的太空之旅吧！

请访问WWW. VOYAGERSHQ. COM

太空旅行者

一级机密任务指令

拉维·查文

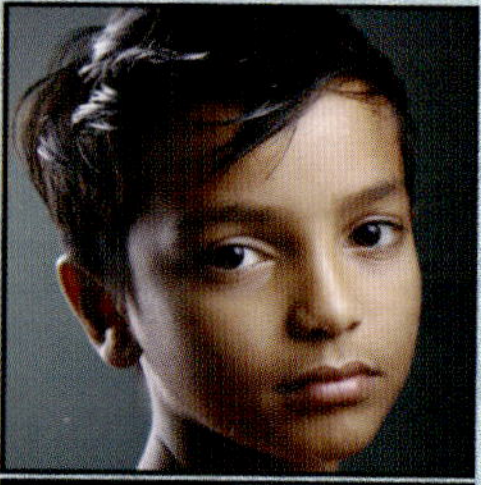

祖籍 印度（孟买）

主要技能 / 备注

技术，软件/硬件开发

达什·康罗伊

祖籍 美国（佛罗里达州）

主要技能 / 备注

团队领导力，问题解决能力

卡莉·戴蒙德

祖籍 日本（东京）

主要技能 / 备注

语言，分析能力

西恩娜·莫雷蒂

祖籍 意大利（佛罗伦萨）

主要技能 / 备注

指挥支持，科研

加布里埃尔·帕克

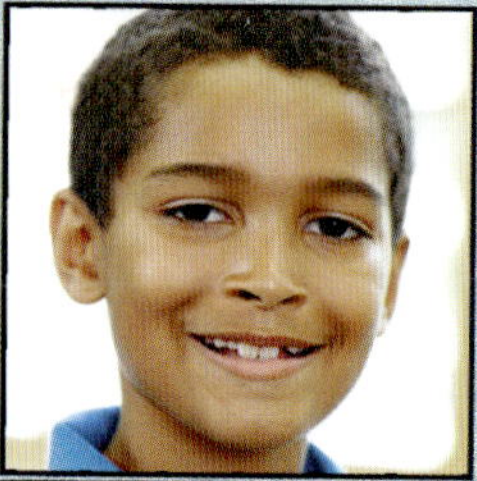

祖籍 美国（伊利诺伊斯州）

主要技能 / 备注

驾驶，气象分析

尼克·罗德里格斯

祖籍 巴西（圣保罗）

主要技能 / 备注

医药，急诊外科

阿尔法
项目入围者

安娜·特纳

祖籍 美国（密歇根州）

主要技能 / 备注

领导力，演绎推理

派珀·威廉姆斯

祖籍 美国（加利福尼亚州）

主要技能 / 备注

医疗，急救，药理分析

1

太空旅行者

少年科幻小说系列

PROJECT ALPHA

阿尔法计划

A'ERFA JIHUA

[美] D.J. 麦克海尔 著
孙正凡 译

GUANGXI NORMAL UNIVERSITY PRESS
广西师范大学出版社
·桂林·

出版统筹：张俊显
品牌总监：耿　磊
选题策划：李茂军
责任编辑：王芝楠
助理编辑：韩杰文
美术编辑：卜翠红
营销编辑：杜文心　钟小文
版权联络：郭晓晨
责任技编：李春林

图书在版编目（CIP）数据

太空旅行者少年科幻小说系列．1，阿尔法计划 /（美）D.J.麦克海尔著；孙正凡译．—桂林：广西师范大学出版社，2020.1
书名原文: Project Alpha
ISBN 978-7-5598-2074-7

Ⅰ．①太…　Ⅱ．①D…②孙…　Ⅲ．①儿童小说－长篇小说－美国－现代　Ⅳ．①I712.84

中国版本图书馆 CIP 数据核字（2019）第 261166 号

广西师范大学出版社出版发行
（广西桂林市五里店路 9 号　邮政编码：541004
网址：http://www.bbtpress.com）
出版人：黄轩庄
全国新华书店经销
保定市中画美凯印刷有限公司印刷
（保定市西三环 1566 号　邮政编码：071000）
开本：880 mm × 1 240 mm　1/32
印张：7　　插页：4　　字数：150 千字
2020 年 1 月第 1 版　　2020 年 1 月第 1 次印刷
印数：0 001~6 000 册　　定价：29. 80 元

目 录

第一部分 十号基地

第二部分　J-16 行星

PART ONE

第一部分 十号基地

BASE TEN

第1章

好黑。

漆黑一片。

这里黑得就像即使有一千个人在你身边，你也根本不知道，只觉得自己孤立无援——或者踏出一步就是悬崖。

“我们应该待在一起。”达什·康罗伊说，他的声音在广袤而空旷的空间回响着。

“我自己待着就好。”安娜·特纳冷冷地回应道。

安娜不想表现得软弱或者恐惧，特别是在达什面前。前面还有太多危险，而她已经下定决心要赢得这场比赛。

“我们可以相互帮助，”达什提议道，“至少在我们知道真正的挑战是什么之前。”

他们的任务很明确：取回一面金色旗子。谁先拿到它，谁就是胜利者。

很明显，从黑暗中找到前进的道路不会是他们唯一的挑战，一定还有别的什么在等着他们：某种障碍，某个谜题，或是某个测试。

危险就在前方，他们都心知肚明。但他们就是看不见。

“我先慢慢往前挪，”达什说，“要是我撞上什么东西，我就告诉你。”

“要是你撞上什么东西，我会听见的。”安娜挖苦道。

走进伸手不见五指的未知黑暗，达什的心揪得紧紧的。现在他根本不知道在他和金旗之间是一百码[①]的平坦大道，还是几英寸[②]开外就会有某种锋利的东西刺破他的胸膛。

“你在我身后吗？”达什问，他尽量压制着声音里的紧张。

“怎么？你害怕了？”安娜嘲讽道，“可能你应该躲到一边去。”

“不用，我很好。啊！”

达什迅速收回他的双手。

“是什么？”安娜也变得紧张起来。

“我碰到了什么东西。”达什试探着伸出手，“它摸起来像是一张大办公桌，上面是平的，还有……啊！哦！”

“还有什么？”安娜问。

“我觉得它是一个控制面板，”达什的声音越来越兴奋，“应该可以靠它把灯打开。”

“不要！”安娜在达什耳边尖叫了一声，把他吓了一跳。

“为什么不要？”

“它要是个陷阱呢？那些开关可能会让地板通电，或者打

---

① 英美制长度单位，1 码合 0.9144 米。——译者。

② 英美制长度单位，1 英寸等于 1 英尺的 1/12，1 英尺合 0.3048 米。——译者。

开一条我们根本跳不过去的大裂缝，或者——”

“或者它能把灯打开。”达什沉静地说，“要是前边有什么，我们也得先看见它。”

达什用一根手指滑过每一个开关，拨开了它们。

强烈的顶灯立刻亮了，照亮了巨大的空间，他们发现自己身处一个巨大的环形帐篷里。达什是对的，打开灯他们才能看到前边有什么。

一头五十英尺①高的恐龙出现在眼前，它有像鸟一样的长嘴，几排锋利的牙齿露了出来。

他们两个目瞪口呆。

“这可不太妙。”安娜喊道。

那猛兽后退了一步，发出一声令人胆寒的吼叫，震得顶上灯光直晃。

“快跑！”达什大喊一声，拉着安娜躲到了控制面板旁边的一堆板条箱后面。

“我告诉过你别动那些开关！”安娜紧张地低声说道。

“你在逗我吗？”达什低声回应道，“你宁愿我们直接撞上那玩意儿？”

“它是一头恐龙！为什么会有恐龙？”

达什从板条箱旁边偷偷地看了一下那个庞然大物，它正用像鸟一样的大爪子抓着地板，同时用它那能致命的尖趾划着地面。它站在巨大的帐篷中央，距离他们大约三十码，来回摆着脑袋，就像一条好奇的狗听到了奇怪的声音。

① 英美制长度单位，1 英尺合 0.3048 米。——译者。

“它在干什么？”安娜低声问。

“它看起来有点蒙。”达什回答道。

达什举起一只手，手腕上绑着一根有弹性的宽带子，上面有一个微型的电脑。他的手指在蒙住大半个前臂的显示器软触摸板上迅速移动了几下，然后一幅图像出现在小屏幕上，正好就是那个怪兽的画像。

“就是它！”安娜说，她越过达什肩头盯着那幅图像。

“是阿贡盗龙，”达什读着注释，“食肉恐龙。”

“它当然吃肉。”

“它嗅觉异常灵敏，一小时能跑三十英里[①]，”达什继续念，“但它周边视觉很差，而且对强光异常敏感。”

那头阿贡盗龙又吼叫了一声。达什迅速伸头看了它一眼，只见它快速摆动着脑袋，愤怒地喷着气。

“发生了什么？”安娜问。

“我想是那些灯光困扰了它。”

“太完美了！”安娜讽刺地说，“一头愤怒的食肉怪兽！”

达什扫视着巨大空间的其余部分，盘算着他们下一步的行动。整个帐篷里随机散放着一些木质板条箱堆，可以用来躲避，但从一堆跑到另一堆后面的过程会让他们暴露在那个掠食者面前。在大帐篷的另一边，大约一百码远，有一个高台，一面金旗挂在杆子上。那就是他们的目标。谁先拿到它，谁就赢得这次挑战。

“那里有一个柜子。”达什一边说一边伸手指着。

---

① 英美制长度单位，1 英里合 1.6093 公里。——译者。

安娜向他们右侧看去，看到在二十码距离处，平放着一个棺材大小的货柜。

“他们肯定在里面放了某种我们能用上的东西，”达什说，“比如某种武器。”

“伙计，那家伙个头儿可不小。”安娜一边说一边盯着那头烦躁不安的巨兽。

他们都坐在板条箱后面。

“我们跑不过它，”达什说，“但我们能分散它的注意力。我们合作吧。”

“不行，”安娜明确地说，“这是一场比赛。”

“问题是要拿到那面旗子，”达什反击道，“我觉得我们任何人都没法独自办到。”

安娜盯着达什的眼睛，盘算着自己下一步的动作。“好吧，”然后她干脆地说，“可是我不会听任何人的命令。”

“我不会给你下命令。我只想拿到那面旗子，而且不要被它吃掉……”

突然，一片阴影移到了他们头顶，挡住了顶上的灯光。两人慢慢抬起头来，看到那头阿贡盗龙的脑袋赫然出现在他们上方。

达什立即踢开那些刚才作为掩护的板条箱，赶紧向后退。那些木箱子在恐龙脚边就像骰子一样东倒西歪，迫使那怪兽跳向旁边躲开。

安娜这时候已经站起来跑向柜子了。达什爬着站起身来，紧随其后。安娜首先到达，拽开柜门往里瞧。

“什么都没有！”她惊叫道，“没有武器！”

达什也到了，往里看了看。

“有东西，太好了！”他也叫了起来。

里面是两支强光手电筒，前端的镜片只有六英寸宽。

“它对光敏感。”他来不及喘气，补充道。

他一把抓起来，递了一个给安娜。

“我们从两边照它的眼睛，”他说，“不管它往哪边跑，都会变瞎，我们就能找到去旗子那边的路了。”

安娜回头看了一眼阿贡盗龙，它已经恢复了平衡，正在搜寻他们。

“你确定这样有用吗？”她问，流露出一点儿罕见的缺少信心的迹象。

“确定，”达什充满信心地回答，“它侧向运动很差，所以要不断地往边上跑。”

阿贡盗龙已经发现他们两个了，尖叫着冲了过来。它用大爪子重击着地板，以雷霆之势冲向它的猎物。

达什迅速按下手电筒的按钮，一束强烈的白光射了出来。

“我往左，你往右。”达什说着飞奔而去。

阿贡盗龙露出了牙齿。它做好吃人的准备了。

达什把光束打在它的脸上。

那怪兽立即停住脚步，发出一声令人头皮发麻的尖叫，达什感到自己的头发都竖起来了。

“快照它！”达什对安娜叫道。

安娜打开她的手电筒，对准了阿贡盗龙的脸。

巨大的怪兽猛烈地摇着脑袋，像是要甩掉令它痛苦的强光。

“起作用了！”达什叫喊着，“继续往边上跑！”

达什往侧面跑去，尽量让手电筒的光停留在阿贡盗龙敏感的眼睛上。

怪兽既痛苦又愤怒，重重地踩着地面，冲向达什。

“继续照它！”达什命令道。

达什必须逃命了。那头阿贡盗龙在痛苦中认准了达什是折磨它的人。

它尖叫着，咆哮着，痛苦地摇摆着脑袋，但它追过来了。

“救命！”达什尖叫着，“安娜，继续照它！”

怪兽没那么容易被摆脱。达什绝望地试图从怪兽直冲过来的路线逃跑，但他没有移动空间了，恐龙已经把他逼到了墙角。达什猛地撞到了一堆板条箱，他爬上去站到了摇摇晃晃的箱子上边，却无法稳定地掌握手电筒。那怪兽显然也发现了这一点，它龇着牙齿，散发着杀戮的气息。

达什背部着地倒了下去。他踢着箱子，希望它们能够阻挡那怪兽一下。

但它们不能。

他被困住了。

“安娜！”达什绝望地大喊。

那怪兽尖叫着，张开了大嘴，朝达什扑了下来——然后就消失了。

达什被晾在墙角，哆哆嗦嗦，双臂还护着脑袋。

一阵刺耳的号角声响起，标志着比赛结束了。

原来，那头阿贡盗龙是个全息影像。它只是看起来像真的，但并不是真正的危险。

一阵欢呼声响起，接着是掌声。

达什慢慢地放下胳膊，看见一群孩子正在高处的看台上观看比赛。他们跟达什和安娜年纪一样，都是十二岁。其中好几个人又欢呼又拍手，其他人则静静地看着。跟孩子们站在一起的是一个成年男子，他两手叉腰环顾全场。

“我们的胜利者出来了！”他宣布，被放大之后的声音在洞穴形状的空间里回响着。

达什不能确定他是什么意思。怎么会有胜利者呢？他们悲惨地失败了，还差点被吃掉。

然后真相打击了他。

他向帐篷另一边的高台望去，看见安娜站在上面，挥舞着胜利的金色旗子。

这是一个惨痛的教训，他必须小心挑选值得信任的人。既然他还没有因为失去金旗而被踢出比赛，他发誓再也不能犯这样的错误。

一个令人难以接受的事实是，并不是他们所有人都能赢得最后的奖杯。虽然从一开始达什赢得整个竞赛的概率就不高，但这并不能阻止他再尝试一次。

阿尔法计划意味着太多事情了。

对他如此。

对他全家如此。

对未来整个世界也是如此。

第2章

达什注视着他卧室窗外佛罗里达州奥兰多市中心空旷黑暗的街道。

现在是他跟安娜遇见那头阿贡盗龙全息图的一星期之前，离他第一次听说阿尔法计划比赛已经整整一年了。明天，他就将离开家，去参加最后阶段的比赛。达什和那些有机会参与最后比赛的孩子一样，曾经参与前期的比赛，而他是进入最后阶段的八个选手之一。最终将只有四位胜利者。

达什从来没想过自己能走那么远。他以前觉得要赢得最后四强，就像在一个巧克力条里发现一把金钥匙一样机会渺茫。

可现在他有一半机会能成为大赢家之一。

“我还是不习惯这样，”达什的妈妈康罗伊太太说着走了进来，“街灯全灭了，就像整个世界都死了。”

她在窗边挨着达什坐下来，向外看看已经漆黑的城市。那些高大的建筑物里连一盏点亮的灯都没有，汽车也都停着，等待他们的主人第二天被允许开车的时间。全国规模的每天八小时灯火管制的时间已经开始了，电和煤气供应均已被切断，也没有电话、电视、互联网、手机或者收音机。这项刚通过立法强制实施的政府计划，目的只有一个：

节约能源。

据估计，在十年之内，这类暂时的灯火管制将成为永久措施；一百年之内这个行星将会用光化石燃料。在理论上让人感到担忧的能源危机已经不再是一个理论。

时钟正在嘀嗒作响，让一切显得如此真实。

“他们把迪士尼乐园也关掉了吗？”达什问道。

“当然了，”康罗伊太太回答说，“迪士尼那里的情况也跟我们这里一样。”

“我想，这才叫世界真小啊。”达什说着笑了。

康罗伊太太也笑了起来。达什喜欢逗她笑，因为妈妈不怎么笑。

爸爸两年前去世了，丢下妈妈独自抚养达什和他的妹妹艾比。

日子很艰难，他们勉强过得去，很勉强。日益严重的能源危机一直像是别人家的问题，可现在路灯都不亮了。

达什凝视着夜空。他那不服帖的棕色头发该剪了。他的皮肤有些苍白，这对于生活在佛罗里达州的孩子不太常见。他大多数时间都待在房间里，忙着做好几百张阿尔法计划试题。他也很想到外面跟朋友们去玩，但他是如此迫切地期望通过竞赛进入阿尔法计划。

如今，他的愿望就要实现了。

“你仍然可以退出，”康罗伊太太说，“现在还不晚。”

“我为什么要退出？”达什惊奇地问，“这可是我有生以来最重要的事儿。我必须去。”

康罗伊太太点点头，她知道儿子会这么说。达什是一个不同寻常的孩子，他实在太聪明了，在学校里连跳了两级。不仅如此，他比同龄人要睿智得多。他的朋友们总是向他寻求答案，他一般都能满足他们。康罗伊太太辛苦工作维持着这个家，在艰苦的日子里，儿子是她可以依靠的磐石。

城市实行了灯火管制，天空却热闹起来，几千颗星星摇曳生辉。

他们两个人坐在窗台上，注视着生动的天空，而不是下面的黑暗。

“你害怕吗？”康罗伊太太问。

“有点儿。”

“没关系，”康罗伊太太说，“我也有点儿怕。就算赢得这场竞赛，也只是一个开始。”

“我知道，”达什说，“那不是我害怕的原因。”

“那你怕的是什么？”

“我害怕我赢不了。”

康罗伊太太抱住了儿子。

“不管怎么样，你都会帮助这些人的。你能帮助我们的，我从来都没有怀疑过。”

达什从窗户探出头去，向天空挥了挥手，就像他能够把那些星星拨到一边一样。

“你觉得可能吗？”他问道，“解决问题的方法在那里吗？”

“我希望如此，”她说，“但有一件事我想是肯定的。”

“什么事呢？”

“只要有方法，你就能找到它。”

二十四小时后，一行八辆黑色越野车沿着一条荒凉的沙漠公路疾行，它们连窗户都是黑色的，不时带起的沙子形成微型龙卷风。在它们前面有十二辆涂着沙漠伪装的悍马军车组成的护卫队开路，另十二辆负责殿后。在天空中，四架眼镜蛇攻击直升机编队飞行，在车队上空形成了保护伞。

这些军车和军机在公路上形成一道严密的立体防卫墙，有好几英里长。种种迹象表明，这里是禁区。任何来犯者都将遭到逮捕，或者被击毙，不一定哪个动作在先。

穿着沙漠迷彩服的重装士兵打开了两扇门，指挥车队进入。车队进入之后，直升机立即消失了，它们的任务已经完成，车队已安全到达。

车队又继续前进了一英里，一批建筑物像沙漠绿洲一样冒了出来。这里看上去是个杂乱无章的军事基地和飞机场，战斗机在几条长长的跑道上排成直线，沙漠空地上竖起了高高的支架。车队转弯向其中一栋建筑物驶去，它那几扇高大的大门都敞开着。那些悍马车也消失了，只有越野车继续前行。它们转进巨大而空旷的机身角落里，一辆挨着一辆停了下来。

在它们身后，飞机库那几扇巨门转动起来，紧紧地闭上了，把沙漠骄阳和热浪拒之门外。

一个男人站在飞机库中央，面朝车队。他三十来岁，穿着一套蓝黑色的军用连体衣，肩膀上没有肩章，胸前也没有勋表，像大男孩一样蓬乱的头发跟他的军装很不相配。

他简单地挥了一下手，那些越野车的车门立即被打开了。

第一批下车的是驾驶员，他们都是穿着沙漠迷彩服的士兵。每辆越野车配两个人。

他们快速走到车后门旁边，打开车门，立正待命。

慢慢地、小心翼翼地，乘客们出现了。

他们都是孩子。

十二岁的孩子。

四名男孩，四名女孩。

他们警惕地迈出车子，眯着眼睛迎向洒满整个飞机库的强烈的自然光。他们好奇地四处瞅了瞅这个巨大的建筑物，然后目光落到了彼此的身上。这是他们在阿尔法计划中第一次看到其他的决赛选手。一些孩子无声地笑了笑表示问候，另一些孩子目光严肃，他们在估量着这场比赛。

最后出来的是一个白人女孩，有着金色头发和蓝色眼睛。她的司机把一辆机动轮椅推到车门前，上前想扶她出来。女孩挥手示意他退下。她一个快速的侧翻，自己从越野车里出来了，上了轮椅，稳稳当当地加入了队伍。

“欢迎，”穿连体衣的男人正式开口说话了，“别不好意思。到我这里来。”

这个男人并不冷漠，但一本正经。

人群慢慢地靠拢，面对着他，肩并肩排成一列。每个人都显得很紧张，猜测下一步将要做什么。

“恭喜你们，”男人真诚地说，“八个决赛选手。你们从超过七十万名参赛者中脱颖而出。”

“那么，你是谁？”一个女孩狐疑地问。

“安娜·特纳，欢迎你，”他回答说，“我是肖恩·菲利普斯指挥官。我是阿尔法计划的领导人。我会介绍你们每一个人，跟你们握手。你们真是出类拔萃。”

安娜是个皮肤黝黑的女孩，满头卷发。她透过超大的长方形眼镜挑衅似的看着他。“是你挑选最后四个人吗？”在菲利普斯伸出手来准备跟她握手时，她这样问道。

“是我。”他回答。

“酷！我只是想知道应该给谁留下好印象。”

安娜退回队伍中。挨着她出列的是一个苗条的亚裔女孩，她留着长长的黑头发和直刘海。“这是卡莉·戴蒙德。”菲利普斯向人群宣布，并用日语向女孩表示欢迎。

卡莉微微鞠了一躬，然后说：“您不用跟我说日语。”

“我知道了。”菲利普斯和蔼地回应，然后向人群说，“这里每一个人都可以流利地说英语，这也是阿尔法计划指定使用的语言。”

“加布里埃尔·帕克。”菲利普斯叫道，继续介绍队列里的下一个人。

一个皮肤黝黑、比其他人高出一头的男孩站了出来，他跟菲利普斯对视着。

“是的，长官，”加布里埃尔威严地说，“谢谢你给我这个机会。”

“谢谢你的加入。”

加布里埃尔目光中饱含渴求，他退回到队列中。

“拉维·查文。”菲利普斯边叫边跟一个印度裔男孩握手。

“我是。”拉维的回答中带着轻微的口音，他顽皮地笑着，露出了牙齿。

下一个女孩个子高挑，有着橄榄色皮肤，深蓝色眼睛，深褐色长发。

她用意大利语优雅地打了一声招呼，并自我介绍："我是西恩娜·莫雷蒂。"

菲利普斯跟她握了握手，然后走向下一个男孩，他比其他人矮好几英寸，但站得笔直，就像他向上直立的黑色头发一样。

"这是尼克·罗德里格斯。"菲利普斯介绍说。尼克没有回答，只是点了点头，迅速地退了回去。

他的腼腆与决赛选手队伍中的下一位形成鲜明对比——那位坐着轮椅的金发女孩，她蓝色的眼睛神采奕奕。

"你好，派珀·威廉姆斯，"菲利普斯说，"欢迎。"

"谢谢！"她爽朗地回答，"你做得很对。"

"你是什么意思？"菲利普斯问。

派珀轻轻地拍了一下她的轮椅扶手，说："这不是障碍。"

"要是我觉得它是，你就不会在这里了。"

"还要谢谢你装了新轮子，"她补充说，"它们真灵活。"

这台轮椅是一个标准的两轮椅子和一台高性能的运动摩托车的结合体。

"我们认为你可能需要增加一点儿动力。"

听到这话，派珀脸上的笑容消退了，说："我不需要额外的帮助。"

"很高兴听你这么说。"菲利普斯说。

菲利普斯走到最后一个参赛者跟前，这是一个皮肤白皙的男孩，带着浅浅的微笑，站姿很放松。

“达什·康罗伊，”菲利普斯说着握了握他的手，“欢迎。”

“谢谢。”达什真诚而热情地回答，“这可真令人兴奋。”

菲利普斯像有阴谋似的向他眨了一下眼，说：“你根本不懂。”

菲利普斯往回走了几步，开始向人群讲话。“欢迎你们。你们知道自己为什么在这里，怎么来这里的——”

“我们究竟在什么地方？”安娜问，“我所知道的就是在飞机上坐了好几个小时，然后又在车上穿过了沙漠。我们可能是在撒哈拉沙漠中央吧。”

“不太像，”西恩娜说，“根据我从罗马飞过来的时间，以及阿尔法计划是由美国政府资助的，我们更像是在美国境内。”

安娜白了她一眼，说：“我说撒哈拉是开个玩笑。”

“那么我们是在哪里？”加布里埃尔问道。

“我认为我们是在第 51 区[①]。”拉维大声说，“我是说，我们不是一直在谈开拓外太空吗？还有比他们关押外星人的地方更合适的吗？”

“我觉得听起来有道理，”尼克补充说，“那就是在内华达，对吧？”

“那就对了。”西恩娜回应说。

“你们在这里藏着外星人？”安娜问菲利普斯，“是吗？真的吗？”

“那些都是谣言，”卡莉说，“从来没有证据。没有证据就只能是谣言。”

---

①美国内华达州南部林肯郡一个机密区域。——译者注。

“获胜者能看到外星人吗？”拉维问道，“那可就太酷了！”

“是的！”菲利普斯脱口而出，尽量掩饰着讲话被打断的挫败感。

这话一出，所有人都好奇地盯着他。

达什最后说：“真的有外星人在这里？”

“没有，这里没有外星人，但是，这里是第 51 区。”

“我就知道！”拉维大声说，他举起手来要跟西恩娜击掌。西恩娜没回应他。

“如果你们能让我继续说——”菲利普斯耐心地说。

“继续，长官，”拉维说，“这是你讲话的时间。”

“谢谢你，”菲利普斯说，他深吸一口气，重新冷静下来，“这个基地曾经被叫作第 51 区，当然还有许多其他的名字。对于我们的使命来说，我们简称它为十号基地。我很抱歉让你们失望了，但这里没有外星人。”

大多数孩子耸了耸肩，失望地看着地板。

“我就知道。”拉维这回说话声音小多了。

“接下来几星期里，你们将会忙于选拔过程的最后阶段。你们知道目的。我们的天然能源面临枯竭，寻找可替代的清洁能源已经是美国政府和世界上其他许多国家的首要目标。那些努力几乎都没有成功，只有一项例外。”

“索尔斯能源。”达什说道。

“是的，”菲利普斯回应说，“索尔斯能源。深空探测器已经在远离太阳系的一个天体上定位并确认了一种我们称之为索尔斯能源的物质。我们认为索尔斯能源包含足够多的未经开发的能量，甚至很小的量就能够提供我们迫切需要的动力。”

“哪一颗行星？”安娜问道，“比如……冥王星？”

“冥王星不再被认为是行星了，”西恩娜意味深长地说，“而且它也不在太阳系之外。”

“你知道是你把我弄得心烦意乱了，是吧？”安娜反击道。

“具体地点也是保密的。”菲利普斯说，“我们已经在这项计划上花费了大量资源，我们没有必要把我们的发现让给竞争对手。”

“所以，这个天体是先到先得？”尼克问道。

“并非如此，”菲利普斯回答说，“索尔斯能源将会让整个地球受益。”

“这样的话，谁先得到它就无所谓了，是吗？”达什问道。

“不是，”菲利普斯迅速答道，他试图避免另一场争论，“但这项计划已经策划多年。我们知道自己在做什么，不需要外部干涉。”

“那么这项计划具体是什么？”卡莉问道。

“阿尔法计划就是派一个四人小组前往深空，找到索尔斯能源并将它带回地球。就这么简单。你们竞争的是加入这个团队的机会，这个团队能阻止地球陷入黑暗。”

“而且每人赢得一千万美元，”安娜说，“可别忘了这个。”

“还能名垂青史，”尼克说，“那也挺好的。”

“一旦选出了最终的四个人，”菲利普斯说，“他们就会接受六个月的训练。”

“你们真的有能把我们中的四个人送往深空的飞船？”派珀问。

“对啊，”加布里埃尔接着问，“我们甚至连航天飞机都没有了，怎么会突然造出一艘能上演星球大战的飞船呢？”

“我敢打赌那也是保密的。”尼克说。

“是的，”菲利普斯回答说，“我们的发展情况并没有都披露在报纸上。但请放心，我们有把握把你们送到那里。我们现在的工作是找到最棒的孩子来干这件事儿。”

“嗯，怎么回事？”安娜问道，“为什么是孩子？”

“这跟你们的新陈代谢有关。”菲利普斯回答，“你们问我们是否有飞船把你们送到那里，确实有，但技术条件决定了它飞行时对成年人代谢系统的压力太大了。”

“但对孩子就是安全的？”卡莉问道。

“没有任何危险。”菲利普斯回答，他努力保持耐心。

“你怎么选择让谁去呢？”派珀问。

“你们将接受严格的检查，你们将接受测试，你们将彼此对抗，而且要对抗你自己。你们都是才华横溢的孩子，我们都知道。但我们得找出最能够直面这项任务的压力，并且还能够高水平工作的人。”

“你的意思是，你想知道谁将会崩溃。”安娜说。

“那是另一种表达方式，”菲利普斯说，“我们的生存准则是：不接受失败。”

“什么样的测试？”派珀问道。

“竞赛、比拼、难题，我们会让你们面临各种不同类型的挑战。我们不是选谁是最棒的，而是选出四个组合起来能成为最棒团队的人。”

“什么时候开始？”达什问道。

“就现在。”菲利普斯笑着回答。

第3章

“第一项比试关乎你们想怎样度过在这里的时光。你们会住在宿舍里，男孩们住一间，女孩们住另一间。宿舍功能齐全而且舒适，有上下铺，每人还有放随身物品的行李箱。”

“有点像训练营。”尼克说。

“不过，”菲利普斯继续说，“你们其中一位将会被邀请住进个人独享的住所，有大床、个人浴室、独享的冰箱。”

“谁能住里面呢？”卡莉问道。

菲利普斯举起了一面手绢大小的金色旗子，然后宣布：“你们的第一场比赛，在这片竞技场里，散落着几十面像这样的金色旗子，有些很容易看见，其他的就得你们去搜寻了。第一个找到四面旗子的人在停留于此期间将住在高等宿舍。问题是，你们有多想要它？”

所有的孩子都站在那里看着菲利普斯，拿不准应该如何回应。

菲利普斯指着飞机库远处的一扇门，说道：“过了那里就是竞技场。比赛——开始！”

安娜立刻跑了出去，尼克紧随其后，其他人也快速跟上。

阿尔法计划竞赛的最后阶段就这样开始了。

开场的一幕就像是一场混战，一场大型的寻找节日彩蛋的游戏，只是比抢几枚巧克力蛋更加急。安娜飞快地跑过空旷的飞机场，发现第一面旗子就挂在通往竞技场的门边。她一把将它从钩子上扯了下来，骄傲地高举起来。

“那个房间是我的！”她高声宣布，然后向其他人挥了一下手，从那扇门跑了出去。

加布里埃尔、尼克、拉维和西恩娜疾步跑进门，在她身后散开。

达什从容不迫。他迅速扫视了整个空间，搜寻更多的旗子。这里已经没有了，所以他也向那扇门跑去，但当他看到门边堆着一套奇怪的组合装备时，他又停住了。那里有几卷红色的登山绳，一堆各式各样色彩鲜艳的夹克，还有四把冰镐挂在钩子上。

“在飞机库里有这些装备真奇怪。”卡莉说着，从他身后小跑着过来了。

“可能在这里埋着一面旗子。”达什说着，快速地在那些夹克里翻着。

“太明显了。”派珀边说边从他们身边快速经过。

她非常熟练地转动轮椅，倒着靠近门，把门打开。她又向外转了一下，替另外两个人开着门。

“来吗？”她问他们。

达什和卡莉彼此看了一眼，跑了进来。

里面的气温已经降到零摄氏度以下了。

“这不可能啊，”卡莉说，“我们是在沙漠里。”

“酷！”派珀好奇地说，“太酷了！”

“这说明了一件事儿。”达什说。他跑出门，片刻之后又回来了，带着三件夹克，一卷绳子和三把冰镐。

“这些东西在这里是有原因的。”他边说边把夹克和冰镐递给派珀和卡莉。

三个人套上夹克，然后环顾竞技场，可除了一片浓雾什么都看不到。

“这是怎么了？”派珀低声问道，仿佛不想让除达什和卡莉以外的人听见。

“我们的第一项测试。”卡莉说，“我敢打赌，除了找几面旗子的比赛，还有更多的事情在等着。”

三人警觉地向前移动，使劲张望想看透浓雾。没有人说破，但他们觉得一起行动比单干更安全。

“我看到一面。”派珀欢呼了一声。她猛地向前冲去，那里有一面旗子挂在三英尺高的柱子上。她抓了下来，转身又回到两人身边，举着旗子说：“我们当中有人越快拿到四面，我们就能越快回到温暖的地方。”

这时，一个笨重的影子穿过派珀背后的雾气，只有达什和卡莉看见了它。尽管它转瞬即逝，但它是真实的，而且确实很大。

“那是什么？”达什惊呼道。

派珀转过身来，可什么都没看见。

“什么那是什么？”她问。

“我也看到了，”卡莉回答说，“它看起来个头很大，跑得很快。”

“安娜？”达什大声喊道。

“我又拿了一面！”安娜在远方某处大声说。

“我不喜欢这场比赛。”卡莉紧张地说。

“可能这就是关键，”达什说，“他们正在测试我们的神经。”

“我快冻死了。”派珀说，她的牙齿直打战。

“那么我们快走吧。”达什说完，他们就接着往前走了。

他们走得很小心，但走了没几步，卡莉脚下就滑了一下，她试着努力保持平衡。

“哇啊！有冰！”卡莉大喊着，然后她的脚滑了出去，重重地摔倒在地上。

“噢，这可太差劲了。”

达什扶她起来。

“这是个溜冰场，”达什说，“别走路，滑起来吧。”

“快看！”派珀叫起来，指向前方。

又一个巨大的影子从远方浓雾中闪过。

“那不是安娜，”派珀说，她的声音在发颤，“它看起来像是个野人，或者伍基人[①]。”

“那里也有什么东西。”达什边说边向前移动。

三人小心地向前滑行，直到一个白色的小丘从浓雾中显现。

“这是一大堆雪，”卡莉说，“或者是怪兽的雪屋。”

“那边有个洞。”达什说。

这个小丘的立壁上，被弯弯曲曲地切出了一个洞口。

①《星球大战》电影里的外星人 Wookie。——译者。

“那个阴影不会进去了吧？”派珀紧张地问。

“我们应该进去看看，”达什说，“我敢保证这是比赛的一部分。”

“我不能进去，”派珀说，“我的椅子在里面转不开。”

“我去。”卡莉说。

“我们一起去。”达什说着，两人就滑着进入洞口。

里面很黑，但冰发出的微光足以让他们看清环境。

“这是条冰隧道，”卡莉说，“这里某个地方应该有一面旗子。”

隧道急转，形成一个挡住视线的转角，无法知道究竟有什么潜伏在转弯处。达什和卡莉肩并肩走着，这时传来了“咔嚓”一声，声音来自急转弯处的后面。

他们呆住了。

“那边有东西。”卡莉低声说。

达什忍住了转身逃跑的念头。相反，他下定决心，喊道：“我们有两个人！”

他示威似的举起冰镐，虽然他的双手都在发抖。

“咔嚓”！又一声传来。不管发出声音的是什么，它正在靠近。

现在转身逃走已经太晚了。卡莉和达什彼此挨近了一些，紧张起来。入侵者就在拐角处。

它的脚步已经把拐角那边的冰踩得嘎吱嘎吱响了。

达什举起了冰镐——

一只手从拐角处伸了出来，还挥舞着一面金色旗子。

“恐怕你们来晚了。”一个女孩说着，从拐角处走了出来。

“西恩娜。”达什说着松了一口气。

卡莉也感觉又能呼吸了。

“隧道走到底是个洞穴，但那里只有一面旗子。”西恩娜说，“你们可以再找找，但只会浪费时间，因为那里要是还有的话，我早就拿了。”

“你看到在附近出没的大个子了吗？”卡莉问。

“没，不过什么都吓不到我。这是一个相当复杂的挑战。我想他们建立了一个可进行气候控制的封闭空间，创造了这个寒冷的环境。现在，如果你们能原谅我……”她推开两个人，向着洞口走去，“我还得再找到两面旗子。”

“你已经找到两面了？”卡莉问道。

西恩娜举起两面旗子，消失在冰冷的拐角处。

“是我的问题吗？为什么我觉得她的声音听起来像人工智能合成的？”卡莉悄声问道。

达什笑了，他说：“我们离开这里吧。”

他们小心且迅速地沿原路返回洞口。派珀正满面笑容地等待他们。“看。”她说着，指向冰丘高处。

达什和卡莉扭头看见在冰丘立壁上三十英尺高处的一个平台上有三面金色旗子。

“我没告诉西恩娜。”派珀天真地笑着说。

“这么近，”达什说，“但没有办法拿到它们。”

卡莉举起她的冰镐，说：“没有吗？”

镐柄泛着金属银光，一端是黑色橡胶的把手，另一端是锋利可怕的镐尖。

“它们就是攀缘工具。”他说。

“有两把才能爬上去，这意味着我们都上不去。”卡莉说。

达什抬头看了看那些旗子。他以前从未用过冰镐。

“我来试试，”达什说，“要是我拿到了，我们每个人分一面旗。”

“你要那么做吗？”派珀问道。

“当然。你发现了它们，卡莉给我她的冰镐，然后我爬上去。这是公平的。”

卡莉把她的冰镐递了过来，对他说：“小心点儿。”

达什抓起两把冰镐，把安全带缠在手腕上，面向冰壁。

“这能有多难呢，对吧？”他说道，只是声音听起来没那么自信。

他举起右手的冰镐，向冰里砸去。冰镐嵌进去了，并抓得牢牢的。他左手也做了同样的动作，只是位置更高一点儿。他的脚踩在冰壁上，用力把自己从地面上拉起来。冰壁有点倾斜，不过角度足够大，爬起来不难。

“挺容易的，”达什说，“要是它再陡一点儿，我就麻烦了。”

就在这时，他的运动鞋掉了下来，肚子撞在冰上。只听见一声“哎哟”传来。

“你确定要这样做吗？”卡莉问。

他的回答是给大脚趾找到更好的落点，然后把右手的冰镐拽了出来，尽可能举高，再次把它砸进去。

“我可以的。”达什说。

抬头向上，他看见平台就在冰丘顶部下方。他又用一分钟，砸三下冰镐，能够到它了。他抬起身子，站在平台上，这样他的脑袋已经超出了冰丘顶部——

跟从另一面爬上来的一只奇怪的白色怪兽来了个面对面！它毛茸茸的大脑袋上眼窝深陷，赤红的眼睛发着光。

“啊！”达什尖叫一声，迅速远离怪兽。

他倒在平台上，不过及时伸手抓住了嵌在冰里的一把冰镐。冰镐让他没有滑到地上去，但他单手悬在那里了。达什肾上腺素激增，他把另一把冰镐砸进冰里，交替承载着体重，重复这个过程，控制速度安全滑到了地面上。

“发生了什么事？”派珀焦急地问。

“我看见那阴影是什么了，”达什说，他呼吸有点困难，“它是一……一……头怪兽，个儿很大，白色的。我摔倒了，而且……我没拿到那些旗子。对不起。”

“这太疯狂了，”卡莉说，“也许我们应该聚在一起，然后——”

“救命！”这时，一声尖叫从浓雾里传了出来。

“哦，天啊，又怎么了？”派珀说。

“快来救我！”绝望的声音再次响起来。

“快！”达什说着，向着声音传来的方向跑进了雾里。因为能见度为零的浓雾和冰面，他前进的速度很迟缓。

“我的推力大。”派珀说着，向前冲去。

他们很快就听到了拍打出的水花飞溅的声音。

“我喘不过气了！”那个声音喊叫着。

“小心！”卡莉对派珀叫道，“你前头是——”

达什向前伸手，抓住派珀的轮椅后使劲拉，才没让她从冰的边缘滚下去，掉进一个带着泡沫的水池。

“小心水。”

“哦哦哦，”派珀惊魂未定地说，“谢谢你们。”

“是谁在那里？”卡莉喊道。

“我是尼克，”那声音拼命地回应，“冰破了，而且……而且……水太冷了，我喘不过气了！”

“来了。”卡莉说着抓过绳子，并解开了它。

“我们要扔给你一根救生索！”达什喊道。

“快点！”尼克恳求道。

“把它系在你轮椅上。”达什对派珀说。

在派珀把绳子一头缠在轮椅把手上的时候，达什拿着绳子另一头，滑到冰的边缘。

“你在哪儿？”他喊道。

“在这里！”尼克高喊着。

但雾气实在太浓了，达什根本看不见他。

“我准备好了！”派珀喊道。

“接着！”达什对尼克喊了一声，然后把绳子朝他的声音来处扔去。只听那边传来了“啪”的一声。

“我抓到了！”尼克如释重负地大喊。

“坚持住，我们拉你出来。”达什叫喊着。

他立即开始拉绳子，但冰面太滑了，他的脚根本不受控制。于是他坐了下来，再次用力拽，但只是把自己拉得更靠近水边了。

“我拉不动。”他对其他人喊，越发感到不安。

“我能，”派珀说，“让我来。”

达什松开绳子，派珀把它抓了过来。

“我快抓不住了！”尼克喊道。

“帮我一把！”派珀对卡莉喊道，“站我背后，抓住绳子。”

于是卡莉两手抓住绳子，站在轮椅背后。派珀抓住控制器，改成了倒挡模式，慢慢地打开油门，轮椅开始缓慢地向后倒退。

“坚持住，尼克！”达什喊着。

轮椅的轮子抓住了冰面，继续移动，这样他们逐渐把尼克拉近了。

“他过来了！”达什喊道。

另外四名参赛者从雾中滑出来了，好奇地看着尼克被拖到水池边缘。达什抓住他，把他拉上了光滑的冰面。尼克艰难地呼吸着，颤抖着。

派珀脱下外套扔给达什。

“把他裹起来，”她命令道，“要是我们不把他的体温升上来，他会伤到心脏。”

达什也脱下了自己的外套，将两件外套都给尼克穿上。

“摩擦他的后背，让血液流动起来。”派珀又加了一句。

“我还好，”尼克从颤抖的牙齿里挤出一句话来，“谢谢你们。”

派珀和卡莉相互击掌庆祝。

“我看到了一面旗子，向它跑去，”尼克说，“可冰裂开了。”

“你拿到旗子了吗？”安娜问道。

尼克摇了摇头。

“我拿到三面了，”安娜大声说，“游戏还在继续。”

“不，游戏结束了。”派珀也大声说，并把她的旗子递给了安娜。

“你是认真的吗？”安娜吃惊地说。

“恭喜你。”

响亮的号角声响起，同时灯也亮了起来，把人群笼罩在温暖的白光中。多台巨大的风扇呼呼吹起来的声音充满了竞技场，随即雾被吹散了。几秒之后，整个场地都露出来了。

“跟我猜的一模一样。”西恩娜得意地笑着说。

他们在一个白色帐篷里，它大得足以容纳十二个马戏团。整个地面上全是冰，像个巨大的冰球场。有五个跟达什曾经爬上去的那个一样的冰丘分散在各处。尼克掉进去的是一条环绕着一片岛和最大的冰丘的小河。

一整圈的金属看台在高处一圈环绕着整个帐篷，下面挂着许多强灯，气温迅速上升到沙漠的正常温度。

“干得好！”菲利普斯指挥官大声感叹着，他大步向他们走来，“我们已经有了冻原项目的赢家。”

安娜得意地举起了四面旗子。

“这是什么地方？”加布里埃尔问，“这里像是某个游乐场或是马戏团，真古怪。”

“你们的一些挑战即将在这里进行，”菲利普斯回答说，“在这里我们可以创造各种环境和情境。尼克，你其实从来没有处于危险之中。”

他指向小河，几个蛙人已经浮出水面，对他们竖起了大拇指。

“我只希望我不要死于肺炎。”尼克回应说。

“那只怪物是怎么回事？”达什问，“用来做什么？”

“只是又一个惊喜元素，”菲利普斯解释说，“我们需要看到你们每个人在各种形式的压力下如何反应。”

“我们做得怎么样？”卡莉问道。

菲利普斯笑了，他说：“那是我要跟阿尔法计划项目组其他人讨论的内容。现在，所有人都回飞机库去，你们将从那里被带到各自宿舍。这一天够累了。安娜，有人会带你去你的私人房间。”

“太棒了！”安娜叫了一声，匆匆离去。

菲利普斯走向尼克，扶他站了起来。

“你感觉如何？”菲利普斯问道。

“又冷又湿，”尼克回答说，“但我已经准备好下一场比赛了。”

“这正是我想听到的。去把自己弄干吧。”

于是尼克向飞机库跑去，他身后是西恩娜、拉维和加布里埃尔。

达什站起身，走向卡莉和派珀。三人相互击掌。

“挺不错的。”达什说。

“告诉我，”菲利普斯对派珀说，“你为什么放弃了自己的旗子。”

“我想让这场比赛结束，”她说，“而且，我并不想要奖品。”

“你不想要私人房间？”菲利普斯吃惊地问。

“是的，”派珀说，“我来这里不是为了一个人待着。”

“我明白了，”菲利普斯不动声色地说，“跟他们一起去吧。”

三个小伙伴离开了，菲利普斯留在了竞技场中央。他满意地环顾全场，周围的冰正在融化。

然后他抬头向看台看去。

那里站着的只有一个观众，穿着跟菲利普斯身上相似的蓝色套装。那是一个留着金色短发的少年，他斜靠在护栏上。在他脚下蹲着一只金毛猎犬。

“有什么想法？”菲利普斯问他。

“八个相当不错的候选人，”年轻人大声回应，“让我们期待在条件更艰难时他们还能应付得了吧。”

第4章

在十号基地西南四百英里处，一小群人杂乱地围坐在控制台周围。这是深埋在内华达山区的一个高科技控制室。二十台各式电脑显示器挂在前面的墙上，每个都显示着十号基地各处的实时画面。

中央的大型显示器上出现的是阿尔法计划参选者们正在完成“冻原事件”的画面：达什爬上冰丘，尼克掉进冰河，派珀和卡莉用绳子和轮椅把他拉出来,安娜骄傲地举起金色旗子。

站在房间中央，专心审视这一切的是一个站得笔直的男人。他有着一头令人震惊的银灰色头发，锐利的黑色眼睛没放过任何细节。

“我们已经再现了本次事件的所有画面，长官。”坐在控制台前的一个年轻女人报告说。

“了解。”男人回答说，“继续从竞技场上传数据，直到天黑。”

“是，长官。”那个女人略带一丝忧虑地回答，“但是……”

她自己又把话咽了回去。

灰色头发的男人把目光从显示器上挪开，瞪了她一眼。

“但是什么？”他怒气冲冲地问。

其他技术人员都死盯着他们的显示器。他们根本不想参与这场对话。

“没什么，长官。”女人迅速回答说。

“但是什么？”男人不耐烦地重复问。

女人不想回答，但她没得选择。

“但是我们是不是过于依赖运气了？”她终于脱口而出，“我们跟他们的系统锁定的时间越长，被发现的可能性就越大。”

女人感觉到他愤怒的目光聚焦在她脑后。

“奥马尔！”男人突然叫道，把所有人都吓了一跳。

“在，长官。”另一个技术员奥马尔乖乖地回答。

“你接替她。”男人说着，又把注意力转回了中央显示器。

女人瞪着男人，震惊到合不拢嘴，“但是，我只是提了一个问题。”

“你有疑虑，”男人看都没看她直接回道，“我没有时间回答疑虑。”

她理屈词穷，只好站了起来，迅速离开了控制室，而奥马尔取代了她的职务。

“继续上传，”他宣布，“我们仍然锁定十号基地。”

“谢谢你们，”男人继续说，“很高兴看到他们正在做的艰苦工作，这可以确保我们成功完成使命。”

说完男人转过身，快步向大门走去。

“他们开始下一场挑战的时候叫我。”在离开控制室之际他吩咐道。

当大门在他身后关闭时，房间里的每一个人都深深地松了一口气。

第5章

八位参赛者被一位军事助理领进了宿舍楼，他向众人展示了一楼的女生宿舍和二楼的男生宿舍。安娜的私人房间在三楼。

“顶层豪华公寓呀！”安娜说着，朝其他人很快地挥了一下手就离开了。

“干得真棒，伙计们，”军事助理跟他们说，“欢迎到来。”

男孩们和女孩们迅速地相互告别，分别前往各自的宿舍，那里将是他们在比赛期间的住处。

男生宿舍是一个大房间，两个上下铺分别挨着相对的两面墙，还有四张桌子，各配有一把椅子和一台笔记本电脑。床上是他们的背包。他们被允许从家里带东西来，只是被告知不用带衣服，因为会发给他们制服。如其所言，制服已经挨着背包放好了。每张铺位上有一条淡灰色的运动裤和一件长袖训练上衣，右边是海军蓝，左边是亮橙色。还有低帮的黑色多功能训练鞋、橙色短袜和橙色四角短裤。

拉维拿起衬衫说：“我们要去太空还是马戏团？”

但尼克只是说了一句：“我要冥想。”

“呃，什么？”加布里埃尔问道。

只见尼克爬上一张上铺，盘腿坐在正中，闭上眼睛，双手放在膝盖上，缓慢地深呼吸。

其他三个男孩交换了一下困惑的表情。

“别那样看着我，”尼克闭着眼睛说，“我只是刚经历了一次濒死体验，我的中心体温下降了，需要重新调整。”

“或者你只需要洗个热水澡。”拉维说。

“冥想能发掘心灵的深层力量，治疗身体，”尼克说，“你会对正确冥想的力量能做的事情感到惊奇。”

“如果它那么厉害，”拉维说，“请帮我在最后四人组中冥想一个位置。”

尼克没理他，而是进入了更深的冥想状态。拉维看了看其他人，在脑袋旁边转了转手指，这个手势表示“神经病”。

达什和加布里埃尔使用另一边的上下铺，达什在下，加布里埃尔在上。他们都直接拿过背包，开始清空。

“你从哪里来的？”达什问。

“芝加哥城外。我们有个很大的老房子，住着一个古老的大家庭。我有两个姐妹两个兄弟，我正好在中间，加上我爸妈和爷爷奶奶，够令人抓狂的。你呢？”

“只有我妈妈和小妹妹。我们住在佛罗里达州的奥兰多。”

“真的？你跟米老鼠是邻居？”

“是啊，”达什说着笑了起来，“我们老在一起玩。”

加布里埃尔也笑了：“嗨，要是我住那里，我就天天去迪士尼乐园。”

达什耸了耸肩："那可太费钱了。"

"一千万美元分分钟就把这事儿搞定了。"加布里埃尔说。然后从他背包里拿出几样东西：一个小工具包，几本书，还有一个绒毛玩具考拉熊，他立即就把它塞到枕头底下去。

"那就是你来做这件事儿的原因吗？"达什问，"为了钱？"

"当然啦，"加布里埃尔回答说，"这么大一笔钱，能够永远撑起我们家啦。"

"还能解决世界能源危机。"达什一边爬上他的铺位一边加了一句。

"是，那倒也是，我不介意当个英雄。你呢？你不在乎那笔钱吗？"

"哦，当然在乎，"达什说，"要是妈妈不用再为了钱操心那就太棒了。但我来这里主要还是因为我害怕。"

"什么？！"加布里埃尔惊呼道。

拉维一直在听着，不过他靠得更近了一些。

尼克睁开了一只眼睛。

"要是你害怕，你就来错地方了。"加布里埃尔说。

达什拿出了一个相框，上面是他、他的妈妈和妹妹，三人都带着幸福开心的笑容。他轻轻地把它放在床上方一个架子上。

"我不是害怕这场比赛，"达什说，"让我感到害怕的是没有能源的世界。要是我们都被迫重返石器时代，你有多少钱都无济于事。"

加布里埃尔无言以对。

"我说，我们定个约定，"拉维说着从床铺上跳了下来，"我们一伙儿四个应该都入选。我们不需要女生去。特别是那个安娜，她有点儿难以相处。我们要确保我们是最终四强。你们说呢？”

达什和加布里埃尔犹豫着，没想好该怎么回答。达什张开嘴正要说话，这时——

“太好了！你们就像在自己家一样！”一个听起来就像开朗男孩通过扩音器说话的尖细声音传来。

所有人都四处寻找扩音器，但只看到一位来访者。

那不是一个男孩。那是一个机器人。

“哦，真没想到。”加布里埃尔震惊地说。

站在那里的机器人高三英尺，有两条胳膊两条腿，一个椭圆形的脑袋上有两个像茶托一样的电子眼睛。它的造型更像一个小精灵而不是人。它的身体大部分覆盖着白色的塑料皮肤，所有的关节和活动部件都是黑色的。它小巧的双手功能齐全，连可对握的拇指都有。为了平衡大脑袋，它的脚显得有些过大。

它利落地向男孩们走来，动作中没有任何像机器人那样的机械或生硬之处。

“欢迎你们，”机器人热情地说，“我是‘蒸汽6000’，叫我‘蒸汽’就行。”

尼克和达什从他们的铺位爬了下来。他们都目不转睛地盯着这个小机器人。

“你是一个……你是一个……机器人。”尼克呆呆地说。

“这小子可能知道这一点。”拉维说。

“可能它是个女的。”达什说。

“我没有性别，”蒸汽说，“肖恩给了我男孩的声音，所以你们用男性‘他’来称呼我也行。”

“肖恩？”尼克问道。

“菲利普斯指挥官。”蒸汽回答说。

“是他把你造出来的？”达什问道。

“是的，长官。”蒸汽回答说，“我将在选拔程序和训练过程中为你们提供帮助。我会尽量回答你们的问题，让你们感觉轻松些。”

四个男孩依然好奇地瞪着那个小机器人。

“嘿！今天真是越来越奇怪了。”拉维说。

蒸汽向门边走去。“穿上制服，到外面跟我会合。晚餐时间到了。我去提醒女孩们。”说完他就推开门，走了。

四个小子还是张着大嘴站在那里。

最后拉维喊了出来：“好的！拜拜！”

“刚才是真的，对吧？”尼克惊讶得不知道该说什么好。

“那个叫菲利普斯的家伙是什么人？”加布里埃尔问，“他管理整个比赛，还有时间去发明会说话的机器人？”

“他肯定是个天才，”尼克回答说，“要给像他这样的人留下好印象可没那么容易。”

四个男孩相互看了看，想起来他们正在进行一场比赛。

“记住，”拉维说，“伙计们，咱们得团结在一起，我们要想尽一切办法打败女孩们。只不过这得低调，对不对？”

“我们去吃饭吧。”达什说，回避了这个问题。

男孩们换了衣服，走下了通向一楼公共区域的楼梯。

在那里等他们的是西恩娜、卡莉和派珀，三人都穿着她们半边橙色半边蓝色的制服。

“瞧瞧我们！”拉维大声说，“衣服跟卖汉堡的一样。要是落选了，我们还能在汉堡店找份工作。”

“我觉得这衣服挺酷的。”派珀说。

这时电梯的门开了，里面是安娜和蒸汽。

安娜快步走出电梯，看起来很恼怒。

“滚开！”她用一根手指指着机器人大喊。

安娜快走几步加入众人，站到了派珀的轮椅背后寻求保护。

“怎么了？”派珀问。

“那个会说话的乐高小人吓死我了。”安娜说，明显很不高兴，“我拼了命来到这里，不是为了让某个像动物抱枕一样的塑料机器人瓦力[1]告诉我应该做什么。”

“我不是要惹你不高兴，安娜，”蒸汽说，“我想让你轻松一些，长官！”

“不是长官！”安娜反击道，“要是你想让我轻松一些，快点摇摇摆摆地离开这里吧。”

“我会尽可能不挡你的路，”蒸汽说，“所有人请跟我去餐厅。”

蒸汽以快速的小步走了出去。除了安娜，所有人都跟着他。达什看见她没来，又走回到她身边。

“你没事儿吧？”他问道。

“我很好，”她尖刻地说，“我只是没想到会有一个机械小矮人来敲我的房门。”

“我也有点被吓到了。也许你应该跟其他女孩一起住在宿舍里，独自一人可能更难对付——”

---

① Wall-E，2008 年的一部机器人科幻电影的主角。——译者。

"停！"安娜叫道，"我努力赢得了那个房间，你却想让我放弃？"

"不是！我们都在一起，我想这会轻松一点儿——"

"我们不是在一起，"安娜打断了他，"当最终四个人选出来之后，我会在乎其他三个人，但在那之前，我们还是八个人在比赛。所以，请离我远点。"

安娜气冲冲地向众人跑去，留下张着嘴呆在那儿的达什。

在这一刻之前，达什还认为这场比赛只是证明自己的一个机会，只要应对各种测试和挑战就行了，他还没想过要跟其他人竞争。现在，一边是拉维试图建立秘密联盟，一边是安娜明确发起了挑战，他必须面对另一种现实了。他不是唯一必须证明自己的人，他必须小心那七个人，他们也在不惜一切代价为最后四个位置而战。

此时此刻，他到这里才三个小时。

第6章

“我爱死这里了！”拉维一边去拿第三块酸橙派，一边大声说。

这顿饭棒极了，每一个孩子都拿到了足够多的他们最喜爱的食物。有比萨、烤火鸡、汉堡、热狗，甚至辣鸡柳。沙拉有五种不同口味。土豆有四种：烤土豆、法式油炸土豆、甜土豆，以及土豆泥。这里甚至还提供香蕉、奶酪火锅和寿司。甜点也美味得不可思议，有各种蛋糕和派，八种不同风味的冰激凌，还有大堆满碗的切好的新鲜水果。

厨师们尽力超水平发挥，他们根据资料早已知道了每个人的喜好。孩子们在一个小餐厅吃饭，他们都没怎么说话。这一天已经够艰难和疲惫，这场盛宴正是他们所需要的。

终于，最后一只叉子叮当一声被扔在一个脏碟子上。

“还有人想再来一轮吗？”蒸汽一边大步走进房间，一边大声说。

迎接他的是各种舒服饱嗝的合唱。

蒸汽说："很高兴你们喜欢这里的食物。这顿饭菜是特意为你们制作的，希望你们找到家的感觉。"

"家？"加布里埃尔喊道，"我在家里可吃不到这些。"

"那么接下来是什么，小家伙？"拉维问道。

"睡觉时间到了。"蒸汽说，"明天，比赛继续。"

"睡觉？"安娜叫了起来，"现在好像才……九点钟。"

"二十点五十九分，"蒸汽纠正说，"晚餐不会总是持续到这么晚。熄灯时间是二十一点整。"

"为什么时间要求这么严格？"达什问道。

突然，房间变得漆黑。所有人都安静了。

"哇，"卡莉说，"你说熄灯不是开玩笑呢。"

"现在是灯火管制，"蒸汽说，"每晚九点准时熄灯。第二天凌晨五点整恢复供电。"

这些话清楚地提醒了他们为什么会在这里。是的，他们正在为参加一生只有一次的冒险和获得一千万美元的奖金而竞争，但目的是拯救世界免于陷入黑暗，永久的黑暗。

"哇噢，"达什说，"即使政府部门也实行灯火管制了。"

"我们怎么回宿舍呢？"派珀有些紧张地问道，"我什么都看不见。"

两束光从蒸汽的眼睛里射了出来。"我给你们带路，长官！"

蒸汽转身向门走去。所有人都争先恐后地站起来跟上他，同时避免被椅子绊倒。很快，他们两个一组地走在穿过沙漠基地的寂静沙路上。

夜晚已经降临沙漠。建筑物里没有一束灯光，但天空满是闪烁的光芒，那是数也数不清的繁星。

达什站住了，仰头望着充满光辉的苍穹。

“我想知道我们要去哪一颗星？”他并没有问特定的人。

派珀挨着他停下来，也向天上望去。

“我尽量不想这事儿，”她说，“我不想期望太高，然后又因为没有入选而失望。”

“对我来说已经太晚了，”达什说，“我真的非常想去。”

“我也是。”派珀说，“我知道我足够优秀，我只希望菲利普斯指挥官也这么想。”

“如果我是你，我就不会紧张。”达什说，“记得今天你救尼克的方法吗？真是太棒了！”

“那是团队的努力。”派珀谦虚地耸了耸肩说道。

“我在想，”达什说，“要是你想再次组队，请告诉我。”

派珀微笑着说：“我在想同样的事儿。”

她伸出了手，达什握住了它。

“嗨！”只听加布里埃尔喊他们，“快跟上！”

两人松开手，迅速跟上了其他人。

达什很高兴跟派珀交了朋友，但当他们走近大部队时，他意识到他更加进退两难了。拉维以为他加入了男孩联盟，然而他刚刚跟一个女孩达成了组队协议。无论如何，必然会有人对他生气。达什无法确定自己是在交朋友，还是在树敌人。

十五分钟后，所有人都爬上了床，准备睡觉。

“五点整会来电。”蒸汽对男孩们说，“六点之前完成洗澡、穿衣，准备吃早餐。明白了吗？”

所有人都嘟囔着说出了有气无力的“是”。

“好极了，”蒸汽说，“晚安。”说完，小机器人关上门离开了。

“我觉得我睡不着。”拉维说。

无人应答，房间里安静了。

加布里埃尔还清醒着，他躺在床铺上，两只眼睛睁得大大的，熟谙机械的大脑正如齿轮般飞快地转着。他觉得情况有些不大对劲儿。加布里埃尔一向为自己能够弄清楚事情的来龙去脉而自豪，无论是复杂的机器还是一串计算机代码对他来说都不是事儿。在国际象棋比赛中他能够提前看出二十步，精确地预料结局，或者他听汽车引擎的声音就能知道哪个气缸运转不对。

但此刻他躺在床铺上，不能准确地说出究竟是什么让他感到烦恼，只是觉得有些事儿不正常。他也知道除非弄清楚究竟是什么，否则大脑是不会让他睡觉的。他别无选择，只能起来去走走。他小心翼翼地、悄无声息地溜下了床，穿上制服，踮着脚尖向门走去。他最后看了一眼众人，确定没有打扰他们，然后出了宿舍。

他的计划是到外面绕着建筑物转几圈，清理一下思绪，然后试着睡觉。但计划改变了，当他下楼时，看到有人影坐在最下面一级台阶上。他僵住了。

“我听见你了。”下面有个声音说。

既然被发现了，加布里埃尔就放弃了潜行，走下楼梯。

坐在下面的人还穿着制服，那是卡莉。

“你也睡不着？”加布里埃尔问道。

“知道明天面临比赛，怎么还有人能睡得着呢？”她问道。

“我们会做好的。”加布里埃尔说，“要是他们觉得我们应付不了，我们就不会在这里了。”

“这我知道，”卡莉说，“让我睡不着的是未知情况。我们即将面临的是哪一种测试？今天那寒冷的浓雾真是太疯狂了。”

“我知道，可不是嘛。”加布里埃尔笑着说，“还有雪怪？我还从没见过那东西。”

“就是，”卡莉叫道，“这些不是你学习就能掌握的测试。我是学霸，我喜欢事先做好准备。”

“我想这就是关键。他们希望看到在不知道将面临什么时我们会怎么应对。”

卡莉沉思着点了点头：“我想是的，但那不是我做事情的风格。”

“别告诉任何人。”加布里埃尔说，“要是他们发现你紧张了，他们就会像闻到血腥味儿的鲨鱼一样冲过来，他们已经在计划着——”

加布里埃尔猛然收住了话。他已经说漏嘴了。

“计划着什么？”卡莉问道。

加布里埃尔迅速想了想，但没想出办法蒙混过关。

“好吧，”他说，“男生里有人说到要一起协作来确保我们男生会赢得这场竞赛。”

“你的意思是他们想让女生都输掉？”卡莉说。

“我没有答应加入，” 加布里埃尔迅速说，“我想达什也没有。但这是拉维的主意，可能尼克这会儿正在冥想这件事儿。”

“冥想？”

“别问了。不过要小心点儿，好吗？”

卡莉冲着加布里埃尔一笑，说道：“谢谢你。你为什么担心得睡不着呢？”

加布里埃尔眯缝起了眼睛，这是他在思考问题时的标志性动作。

“是关于灯火管制。我们在军事基地里。他们不会对整个军事基地进行灯火管制，特别是想要解决全世界能源危机的这个军事基地。”

“可能他们别无选择，”卡莉说，“我们的能源实在是快耗尽了。”

“可能是，”加布里埃尔说，但还眯着眼睛，“但还有别的情况。我能听见，这个基地并没有沉睡，有什么东西正在运行。”

“你能听见它？”卡莉问道。

加布里埃尔耸了耸肩：“怎么说呢？我的听觉非常灵敏。”

卡莉想了片刻，然后站起身来。

“那么我们就去找到它。”她大声说。

“等等，你说什么？” 加布里埃尔紧张地说，“我们不能在这地方乱闯。”

“为什么不能？现在你让我感兴趣了。”她走到了门边，转身向加布里埃尔说，“来吗？”

加布里埃尔犹豫着，他一方面同样感到好奇，另一方面也不想做任何可能会有损入选获胜队伍机会的事情。

但他的好奇心占了上风。一向如此。

当他们走出门外时，加布里埃尔站住了，倾听着。

卡莉也听了听，说：“我只听到了风……”

“嘘！”他竖起了手指说，“有持续的嗡嗡声。它的频率说明它必然是人造的。”

他迅速地走着，跟着他的耳朵和直觉。卡莉紧跟在他身后。他们在黑暗的基地中穿行，紧贴着建筑物以免被发现。周围没有多少人，他们遇到了一些低着头快速前进的士兵，仅此而已。

突然，加布里埃尔拉住了卡莉，把她拽进一个门口。

“有什么不对吗？”她紧张地问。

片刻之后，一辆没有开前灯的吉普车疾驶而过。

“我听到它的声音有一会儿了。”加布里埃尔说。

“哇，你真像猫一样灵敏。”

加布里埃尔快步走着，就像一只正在围捕猎物的猎犬。卡莉不得不小跑起来才能跟上他的脚步。

他们绕过一个飞机库的拐角，发现面前是一栋巨大的单层建筑，大得看起来足以容纳城市里的整整一个街区。

“不管那声音是什么，它是从那里出来的，”加布里埃尔说，“还想去看看吗？”

卡莉热切地点着头。

他们小跑着穿过一条路，来到单层建筑物的门前。加布里埃尔抓住门把手，犹豫了一下，担心它是锁着的，然后还是拉了一下。

门居然开了。

“我能用脚感觉到振动。”加布里埃尔说。

"你真是有点怪，你知道吗？"卡莉说。

他们进入一条漆黑的长长的走廊。加布里埃尔把手放在墙上，感受着振动。

慢慢地，他走向右侧，手仍然放在墙上。

"振动变得更强烈了。"他说。

他们又走了几码，然后遇到了内墙上的一扇门。

卡莉把手放在门上。

"不管是什么，这里振动更强。"她说。

只见一条光带从门下透露出来。

"或者他们在烧火把，或者他们在发电。"加布里埃尔说。他抓住门把手，向下压了一下，然后把门推开了。

嗡嗡声变得更响了。他们小心翼翼地从门口探出头。

"噢，好家伙！"加布里埃尔惊奇地说。

卡莉睁大了双眼，问："这是什么？"

"某种控制室。"加布里埃尔回答。

在大房间的另一边，一个长长的柜台上摆着许多平面触摸屏显示器。所有显示器上都是快速变化的数据。那些显示器后面是一面玻璃墙，墙后是一个巨大空间，有三台被钢壳包裹着的巨型设备。它们并排放着，每台的尺寸相当于一辆十八轮大卡车。

卡莉和加布里埃尔轻轻地走近了一些。

"这是涡轮机。"加布里埃尔肯定地说。

"那么它们是在发电。"卡莉说。

这时，房间另一边有一扇门打开了。

卡莉和加布里埃尔迅速藏在一排机器后面。

只见两个穿着蓝色工作服的女人走了进来，站在控制台前，看着显示器。

“让二号机保持百分之五十在线，”一个女人说，“把一号机和三号机降到百分之五。我们在四点四十五分再把这两台恢复回来。”

“是的，长官。”另一个女人说。

头一个女人离开了，另一个女人把手指放在中心控制台上，向下拨了两个控制键。随着两台发电机功率的下降，它们的声音立即改变了。她显然对一切感到满意，于是从来时的路线离开了。

卡莉向加布里埃尔示意了一下，探出头看了看，然后快步向门走去。

加布里埃尔没有跟上她，他就像被磁场吸住一样，又转回到控制台前。他眼睛眯缝起来，盯着触摸屏上的控制键。

“你在干什么？”卡莉又回来了，紧张地小声说。

“基地是完全关闭的，”加布里埃尔大声地说出了想法，“他们用这些电在做什么？”

这时房间另一边的门又有了动静，又有人要来了。于是，卡莉拽起加布里埃尔，拉着他向出口退去。

两人顺着原路返回，一句话也没说。进楼之后，他们终于放松下来，像逃出来一样大口呼吸着。

“为什么他们明明有足够的电力还说实行灯火管制？”卡莉问道。

“我不知道，”加布里埃尔回答，“但这意味着他们没有把一切都如实地告诉我们。我不喜欢这样。我们应该告诉其他人。”

卡莉沉思了一会儿，然后问：“你确定要那样做吗？我们可能是大惊小怪，其实什么事儿都没有。我宁愿等到我们知道得更多的时候再说。”

加布里埃尔深呼吸了一下，冷静下来。他正视着卡莉的眼睛，仿佛在读她的心思。

“好吧，我不会告诉任何人。”加布里埃尔说，“但我不喜欢秘密，我不喜欢独自一人的感觉。”

“你现在不是独自一人，你有我呢，”卡莉说，“你告诉了我拉维的计划，我欠你的。晚安。”

她转身向女生宿舍慢跑过去，突然又停了下来，转身朝向加布里埃尔，笑着说：“谢谢你，这一切很有趣。”

然后她就从大厅里消失了。

加布里埃尔朝她离去的方向看了一会儿，然后对自己说：“有趣？”想了一会儿，他也笑了：“是啊，我想是挺有趣的。”

然后他一步两个台阶地跑上楼去了。

第7章

“我希望你们所有人晚上都休息好了。”菲利普斯指挥官一边说，一边大步走进孩子们第一次见到他时的那个飞机库。

卡莉看着加布里埃尔偷偷地一笑。

蒸汽已经把八位参赛选手带到了飞机库。他们发现这里有三个汽车大小，悬挂在巨型金属框架里的透明塑料球。每个塑料球里是一个高科技驾驶舱。每个球的一侧是开放的，人可以进去。

“这些是飞行模拟器，”菲利普斯解释说，“那些控制器跟你们即将在太空旅行中使用的是一样的。”

菲利普斯走进一台模拟器里，拿起了一副时尚的“太阳镜”。

“你们的飞船已经设定了把你们送到目的地的程序，但是还有一段时间需要手动飞行。”

“这里有人是飞行员吗？”尼克问道。

“还没有。”菲利普斯一边说一边戴上了眼镜，“眼镜上的控制器是跟踪式的，它们能读懂你们眼睛的动作。简单地说，你们想要做什么，飞船就能做出相应的反应。”

“看上去不太可能。”西恩娜怀疑地说。

“它能，但不是现在。”菲利普斯说，“我们的目的是看你们中间哪个人最能胜任飞行。谁想首先来试试？”

安娜跳到了前面，拉维和加布里埃尔同时举起了手。

“好的，”菲利普斯说，“那么，让我们来飞一下。”

三人坐上带坐垫的飞行椅，系好安全带，戴上了眼镜。

菲利普斯说：“现在把一只手放在你右边的光滑平板上，控制器会对手势做出响应。这也是一个决定你们航线的信号输入平台。”

当他们把手放在平板上的时候，每人面前的模拟器屏幕都被激活了，显示了一片星域。

“现在，起飞，”菲利普斯下达指令，“操纵飞船通过标记。”

在星域中散落着几十个彩色圆球，形成了虚拟的障碍赛道。

“这太神奇啦！”加布里埃尔一边喊着，一边开“船”进入赛道。

驾驶舱随他们的动作而动，给他们以飞行的感觉。当撞上圆球时，驾驶舱甚至还会抖动。几分钟之后，他们都掌握了窍门，在迷宫之中快速飞行。第二批是达什、西恩娜和卡莉，然后是尼克和派珀。

“这太简单了，”拉维吹嘘说，“就像玩 Xbox[①]一样。”

练习了一小时后，菲利普斯把他们叫到了一起。

“谁有信心了？”他问道。

①一款家用电视游戏机。——译者。

所有人都举起了手。

“很好，那么让我们来看看谁是真正的飞行员。”

孩子们紧张起来。就是它了，他们的又一场比赛。

“我们从卡莉、尼克和西恩娜开始。你们所有人会从完全一样的模拟小行星区域飞过，就像你们携手旅行一样。谁能以最快的速度和最小的损失通过，谁就是胜利者。”

“来吧！”尼克叫道。

三人在模拟器上系上了安全带。

“上啊，尼克！”拉维喊道，“让女孩们见识一下这游戏怎么玩！”

卡莉看了看加布里埃尔，后者耸了耸肩。

“是吗？”安娜瞪着拉维说，“那么，要怎么玩？”

“你们有两轮练习的机会，”菲利普斯说，“第三轮是比赛。准备好了吗？”

三人都把手放在平板上，向前盯着模拟器屏幕。在他们面前的虚拟小行星区域里遍布着各种大大小小奇形怪状的石头。

“开始！”蒸汽叫道。

三个飞行员都向前冲去……然后他们三个都撞在一个很大的小行星上。

“哇噢，”尼克说，“这可比玩玻璃球难多啦。”

“说对了，”菲利普斯说，“你们必须飞快点，但要当心。让我们再来一次。”

屏幕重启，回到了旅程起点，蒸汽叫道：“开始！”

这一次，三个飞行员都飞得很谨慎。

“小行星在动！”卡莉喊道。

“那是因为小行星本来就在动。”蒸汽说。

这一轮持续的时间长了几秒钟，但三个人都再次以撞毁结束。

“超级难。”西恩娜分析说。

“好，情况就是这样，”菲利普斯大声说，“这一轮计算比分。准备好了吗？”

蒸汽叫道：“三，二，一，开始！”

三架飞船向前冲去，上上下下地躲闪着，好几次差点撞到小行星上。

“太慢了，”安娜说，“你们飞得就像老奶奶走路一样。”

西恩娜首先撞毁了，卡莉紧随其后。但尼克成功通过全程，到达一条悬浮的红线，那里是终点线。

“干得好！”尼克喊道。

“别太骄傲，”安娜说，“你花了快两天时间了。”

接下来三个人是达什、加布里埃尔和拉维，结果几乎一样。

他们先是迅速撞毁，然后极度谨慎地尝试，最后比赛。拉维飞得很快，但接近终点时撞毁，加布里埃尔和达什完成了全程，而且用时比尼克少。

安娜和派珀最后上场，正面交锋。第一轮练习中，派珀半途撞毁了。

“哎哟！”她只说了这些。

但安娜不一样，她没有发生碰撞，完成了全程。

“就应该这么做！”她大声道，“我不需要再练习了，我们比赛吧！”

“我还得再练一次。”派珀柔声说道。

“请自便。”安娜说完，往后一坐，抱着手臂作壁上观。

派珀第二轮也没好到哪里去，她不到二十秒又撞毁了。

“可能我注定是当不了飞行员了。”她说。

“好了，我们比赛！”安娜大声说。

“来吧，”蒸汽宣布，“三，二，一，开始！”

安娜的比赛令人喘不过气来。她飞得近乎鲁莽，总与小行星擦肩而过。她冲到派珀前面，迫使她从航道上躲开，正面撞上了一颗飞驰的流星体。

“喂！”派珀大叫。

“哈！”安娜回应道，表示她很高兴。她每次转弯都差点失误，但还是成功完成了比赛，而且成绩还是所有人中最好的。她骄傲地高举着双手，大声说：“我是飞行员啦！”

“还不能这么说，”菲利普斯说，“我们按最好的三次成绩算，你还得跟其他人在更长的航道上再比一回。”

参赛选手只剩下安娜、达什和加布里埃尔。三人系好安全带，把注意力放在了屏幕上。

“来呀，伙计们！”拉维喊道，“把她比下去！”

“祝你们好运。”达什对他的对手们说。

“来吧，飞吧。”安娜回应道。

“现在是决赛，”蒸汽宣布，“准备好了吗？三，二，一，开始！”

三艘飞船冲向前方。

安娜出发速度很快。她每一秒都在获得更多的经验，还经常在小行星非常贴近时从它们身旁掠过。

加布里埃尔紧跟在她后面。他全神贯注，用他的思想、他的眼睛和他的手操纵飞船避过危险。

达什落在后面离他们很远，他飞得很谨慎。他的目标是完成比赛，不要撞毁。

“喔——喔！”安娜叫着，她很享受飞行。

加布里埃尔又落后了一些，他追上安娜的机会变得更小了。

“吻别吧，伙计们！”安娜喊道。

这时，卡莉对加布里埃尔说：“把你的手从平板上拿下来。”

“什么？”加布里埃尔问，他的眼睛仍盯着屏幕。

“这只是一台机器，”她说，“你可以计算出航线，用你的大脑。”

加布里埃尔犹豫了一下，快速扫了一眼安娜的屏幕，看到他已经落后得毫无胜算了。

“为什么不呢？”他说。然后把手从平板上拿开。

飞船立即切换为眼镜控制，他把眼睛都眯缝起来，这让他行动速度更快了。他飞过那些小行星时，它们看起来都模糊了。他不怕撞上，因为他能够预见在撞毁之前他已经到达终点了。他善于分析的大脑已经进入高速运转模式。

“哇噢！”派珀大喊。

几秒钟之后，加布里埃尔就超过了安娜，好像她停下了一样。

“不！”安娜尖叫起来。

加布里埃尔冲过了终点线，他胜利了。

安娜生气地扔掉了眼镜，跳出圆球，直接向菲利普斯跑去。“这不公平！”她愤怒地叫道，“卡莉帮了他。”

“是啊。”拉维说。

“你说过这是一场个人赛，”安娜抱怨说，“他有帮手。”

“只给了他一个建议。”卡莉辩解道。

“是啊，你可没给我一个建议！”安娜反唇相讥。

“你想重赛一次吗？”菲利普斯问安娜。

“不！”安娜叫道，“我想你淘汰他。”

菲利普斯看了看加布里埃尔，他坐在模拟器边上，眼镜已经摘下来了，在等菲利普斯的反应。

“抱歉，加布里埃尔，”菲利普斯说，“安娜是对的。你们所有人都应该独自参赛，卡莉的建议给了你优势，这不公平。我不得不淘汰你，宣布安娜获胜。”

“天哪。”加布里埃尔拍打着他跟前的栏杆叫道。

“但安娜并没有获胜。”派珀说。

“我确信我胜了。”安娜得意扬扬地说。

“但你没有完成比赛，”派珀说，“别人完成了。”

于是所有人的眼睛都转向了达什的模拟器显示屏，他的飞船通过了红色终点线。

“太棒了！”他高举着双手叫道，“我从没想到我能飞完全程！”他摘下眼镜，看着其他人。

“伙计们，你们哪个获胜了？”他问道，显然对刚才发生的事情一无所知。

派珀笑了。

加布里埃尔也笑了，还有卡莉。

“怎么啦？”达什疑惑地问道。

安娜看上去要爆发了。她直直地走到菲利普斯跟前，指着他的鼻子。

“我们两个都知道谁才是最佳赛手。”

她愤怒地离开了，因为太生气了，没有再说一句话。

“噢，”菲利普斯说，“她显然很激动。”

当天接下来的时间都在做各种测验，一点儿也没有虚拟比赛那样戏剧性和令人激动。选手们在规定时间内做了各种数学题，进行眼睛检查，测量周边视觉和深度视觉。他们还被赶上各种仪器去测量心率、吸氧量、反应时间和反射动作。

晚餐还是在那个餐厅进行，但不再像昨晚那样精心烹制了。所有人都太疲惫了，没有人说话，他们心里想的就是回到宿舍，躺到床上去。

“今晚最后一件事儿。”晚餐后蒸汽在餐厅大声说。

迎接这句话的是一阵叹息之声。蒸汽带他们回到宿舍楼，但没有让他们回各自房间。而是把他们带到了一条有许多门的走廊，门上分别标着他们每个人的名字。

“我太累了，做不了任何测验了。”尼克抱怨说。

“请进入你们的房间。”蒸汽命令道。

他们都无可奈何地耸耸肩，打开了房门，担心自己将面临什么。是会被呼来唤去进行更多测试，还是要迎接另一个不可能完成的竞技挑战？

达什进门之后发现那只是一个小房间。房间一边有一张桌子和一把椅子，桌子上是一台笔记本电脑，屏幕上是达什的妈妈和妹妹。

“达什！”他妹妹艾比喊道。

达什的心狂跳起来。他跑向桌子，跳进椅子，尽可能地靠近屏幕。

“艾比小臭臭。”达什笑着说。

“我们好想你，达什，”艾比说，“你在营地开心吗？”

“开心？啊，是的，差不多吧。嗨，妈。”

“你看起来很累。”康罗伊太太担心地说。

“累？不，我累死啦！但是真是挺开心的。我今天赢了一个大比赛，不过我不觉得这意味着什么。我赢了只是因为某人搞砸了。”

“那也是比赛内容之一吧？”康罗伊太太问，“他们想挑出不会搞砸事情的孩子。”

“我倒没那样想过，不过我同意你的说法。家里怎么样？”

“我们很想你，”她说，“你还好吗？”

“我很好。”达什认真地说，“测试和挑战很有意义，但我们还得对付一大堆意外情况。”

“你想回家来吗？”康罗伊太太问，“他们说你随时都可以离开。”

“决不！”达什大声说，“不过我告诉你，妈，那些孩子很聪明。我不确定我是否属于这里。”

“你属于那里，”他妈妈信心十足地说，“我从来没怀疑过这一点。”

“是，嗯，你肯定会这么想。毕竟你是我妈妈。”

“即便我不是你妈妈，”艾比说，“我也认为你是干大事儿的。”

“谢谢。这事儿唯一糟糕的就是离家太远，我真的很想你们。”

康罗伊太太不得不抑制住眼泪。

“没事儿的，妈妈，”达什说，“我也不是独自一人。有些选手很酷！”

“很高兴听你这么说，”康罗伊太太说，“我想知道你所有——”

电脑屏幕上一片空白。房间里的灯也熄灭了。

九点了。

灯火管制。

第8章

这星期剩下的日子就像最初几天一样过去了。参赛选手们每天都要做测验，进行各种挑战，这迫使他们把体力和智力发挥到了极致。无论是在教室里做数学题，还是在炽热的沙漠里快速奔跑，他们身上的压力从未减轻。

安娜是最受瞩目的、竞争力最强的选手。她总是提前到达教室集会区，每次排队都站在最前面，而且从来不帮助其他人。

“这是比赛，为什么我要帮助对手呢？”她总把这句话挂在嘴边。

其他七个人对待对手的方式更像是在同一团队中。他们每个人都尽力而为，但从未拒绝给其他选手提供帮助或建议（除了拉维和尼克，他们不怎么帮助女孩子们）。

这星期的一大亮点是他们每个人都收到了腕带电脑，菲利普斯指挥官称之为“可穿戴设备”。他们都拿到了一个轻巧有弹性的六英寸长的黑色套袖，可以贴在前臂上，这就像把一台超级电脑紧贴在胳膊上。只要轻轻一点，或者念一句口令，就能够连接到巨大的阿尔法计划数据库。他们也用它进行彼此之间的联系，监测自身的重要信号，还能在小屏幕上看视频。这电脑太棒了。

“我想，外面超市里可买不到这个小宝贝儿。”加布里埃尔说。

正是腕带电脑帮助达什和安娜在共同的挑战中获得必要信息打败了阿贡盗龙。那场比赛发生在他们到达营地第一周的最后一天。成功对抗那头全息怪兽之后，安娜说话的口吻就像她已经锁定整个比赛一样。

“我想，我知道他们将会选谁了。”安娜在阿贡盗龙事件之后的晚餐时说。

“你的意思是，除你之外？”拉维哧哧笑着说。

所有人都笑了，但笑得都很勉强，因为安娜的话听上去是真的。她是成绩最好的参赛选手，是“领头羊”。

“会选谁呢？”尼克紧张地问。

安娜看了看大家，迎着他们局促的目光，享受着他们知道她遥遥领先的事实。

“要是我来选队员，”她让众人等了一会儿，终于说道，“我会选加布里埃尔、尼克和西恩娜。”

被点名的三个人一起吐了一口气。

“你觉得我们有什么不好吗？”卡莉问道。

“不，你们都有长处，但是你们太……谨慎了。当我认为事情没有风险的时候，能够毫无畏惧地跟着我的那些人。我在你们几个身上没看到这一点，你们只是太……”

“机智？”达什问道，“你想说的是这个词儿吧？”

安娜轻蔑地看了他一眼。

“不是，我在想的那个词儿是……害怕。”

她站起身来，向门口走去。

“记住我说的话，”她最后的话飘了过来，“想加入我的团队，你必须突出、与众不同。加油吧，你们或者回家也行。”

其他人安静了，直到确认她听不见才开口说话。

“她是对的，你们也知道，”西恩娜说，“她铁定入选了。我们其他人最好想办法跟她好好相处。晚安。”

她站起来，也走了。

拉维站起来说：“这里的情况发展得太戏剧化了，我得跟我的家人讨论下。然后我会跟尼克一起冥想，看看我们怎么利用安娜。”

尼克跟他一起站起来，说：“什么？我才不和你一起冥想。”

“这只是个笑话，天啊！”两人一起离开了。

“我不害怕，”派珀说道，然后眨了眨眼，笑了，“可能除了害怕安娜。”

她快速出了房间，房间里只剩下了达什、加布里埃尔和卡莉。

“我的意见跟派珀一样。”加布里埃尔说，“你能想象跟安娜在同一艘飞船上待一年吗？老天啊。”

“说实话，”卡莉补充道，“她人缘真是不好。”

达什耸耸肩说：“是啊，哦，让我们期待我们有机会操心那些事儿吧。晚安，伙计们。”

他站起身的时候，卡莉推了加布里埃尔一下，然后用眼睛朝达什那边示意了一下。

加布里埃尔点了点头。“嗨，达什，能耽误你一会儿吗？”

达什重新坐了下来：“当然，什么事儿？”

“我认为他们很快就会挑选队员了，”加布里埃尔说，“我的意思是，他们对我们了解得已经不能更多了吧？”

“是啊，”达什说，“很难相信这一切就快结束了。”

“或者，就要开始了。”卡莉说。

她看着加布里埃尔，再次用眼睛恳求他跟达什讲清楚。

“怎么了？”达什好奇地笑着问道。

“我们……有一天发现了一些事情。”加布里埃尔说，“你知道每天晚上都会灯火管制吧？那不是真的。他们有好多庞大的发电机，产生的电力这个基地根本用不完，但是每天晚上他们会关机，然后告诉我们要灯火管制。”

“但还有一台机器开着，”卡莉说，“所以他们还有电。我们在控制室看到了，亲眼看着他们停电的。”

“你认为他们为什么那么做？”达什问。

“就是这么回事儿！”加布里埃尔几乎是吼叫着脱口而出，“要是他们没有跟我们完全说实话，我们怎么能信任他们，任由他们把我们送上太空呢？”

达什皱起了眉头，低头沉思着。

“其他人知道吗？”他问道。

“不，只有我们知道，”加布里埃尔回答说，“现在加上了你。”

“你认为我们应该怎么做呢？”卡莉问道。

达什快速转动着大脑，尽力想象各种可能性。

“不做什么，”加布里埃尔说，“至少现在不要。可能他们有某种理由，只是没有告诉我们。希望我们中间有人能入选团队，那时候我们就可以问这件事儿了。要是我们都没被选中，我们就让其他人知道，他们就可以对付这件事儿了。”

“他们在对我们保密，这可不太妙。”卡莉说。

“我觉得还有很多事情他们没有告诉我们。”达什说。

“你真的这样想？”卡莉睁大眼睛问道。

“绝对。这个计划是最高机密。嘿，在他们宣布这个比赛之前，世界上还没有人知道他们拥有能把人送入深空的技术。一旦队员挑选出来了，那就是我们要提问的时候。”

加布里埃尔和卡莉都赞同地点了点头。

“那么，你们为什么会告诉我呢？”达什问道。

卡莉说：“因为我们认为你知道怎么做才对。”

“你们在这里呀！”这时蒸汽的声音传了进来。

三个孩子僵住了。

小机器人快步进了房间，抬头看着他们。

“睡觉时间到了，”蒸汽大声说，“你们需要休息。明天可是大日子！长官！”

“明天怎么了？” 加布里埃尔问。

“终极挑战。真正的大赛！非常刺激。长官！”

“等等，终极挑战？”达什问道，“那是不是意味着……”

“是的，”蒸汽说，“明天晚上挑选队员。”

第9章

菲利普斯指挥官和蒸汽面对着八位参赛选手，他们站在一个马戏团大小的巨大帐篷的一端。

“你们都已经证明你们具有宝贵的价值。”菲利普斯大声说，“遗憾的是，只有四位能够上太空。”

“那么这是我们最后一场比赛了。”西恩娜说。

“是的，”菲利普斯回答道，“你们都在候选名单上，所以拼尽全力吧。最后这场比赛可能会改变一切。”

达什看着上方看台上的动静。

一个留着金色短发的年轻男子坐在那里向下看着，他脚边有一条金毛猎犬。

“那是谁？”达什问道。

菲利普斯向上瞥了一眼。

“我团队的一员，”他轻描淡写地回答，“并不是只有我一个人在观察你们。”

“那么，这次的挑战是什么？”安娜急不可耐地问道。

“很简单，”菲利普斯回答说，“你们的目标是成功地从这里到达帐篷远处那一边。”

“就这样？”加布里埃尔问，“这也叫比赛？”

“是的，”菲利普斯说，“只是有一个小麻烦。”

菲利普斯举起手，帐篷变得漆黑。

“哦，在黑暗中比赛，”安娜讽刺地说，“真够吓人的。”

慢慢地，灯光又亮起来了，整个帐篷内已经完全改变了。

“不可能！”尼克有点喘不过气来。

“这不可能！”西恩娜睁大眼睛说。

帐篷内已经变成一个复杂的蒸汽朋克世界。有巨大的铜质锅炉，墙上和天花板上爬满了几英里长的管道，还有好几层传送带，上面传送着各种机器部件。整个环境变成了黑暗的大工厂。一种持续不断的嘶嘶声充满了整个空间，各种铆接的接头处偶尔猛烈地喷出蒸汽。地板已经变成了一个巨大的活动棋盘，由可自由移动的两英尺见方的黄铜方板组成。

“这就是元初星项目。”菲利普斯宣布。

“我觉得我像是在做梦。”达什惊讶地说。

“这些不是你们想象出来的，”菲利普斯说，“但它也不是真实的。整个元初星竞技场是个全息图，就像那头阿贡盗龙一样。”

一小块机器部件从传送带上跳起来，落在一块黄铜地板上，然后又弹开到另一个方块上。它驾着那个方块到了地板另一端，蹦下来后消失在机械迷宫之中。

“那玩意儿是什么？”加布里埃尔问道。

“一个机器人。”菲利普斯回答说，“那里是一个虚拟的机器工厂。有很多机器人散布在工厂各处，它们被设定为保护工厂免遭入侵。”

“那么我们就是入侵者？”达什问道。

“正是。”菲利普斯回答，“现在你们可以想象如何挑战它才能通过。在黄铜地板图像之下什么也没有，或者想象成什么也没有。要是一块板从你下方滑走了,那你就会掉下去死掉。”

“等等，什么！”安娜叫了起来。

“不是真的死了，”菲利普斯快速说，“把它想象成一个视频游戏吧。”

说完他走进全息图中，踏上一块黄铜板。片刻之后，板子从他脚下滑走了，但他没有摔下去。

“这里不会有物理真实的东西，”他解释说，“它只是个投影。要是你‘死’了，就退回到起点，重新开始。要是有一个机器人捉到了你，用它的激光器瞄准了你，你就‘死’了，重新开始。要是你掉进深渊，你就‘死’了，重新开始。要是你被机器吞下去——”

“你就‘死’了，重新开始。”加布里埃尔说，“这是不可能的嘛。”

“这得有一点儿聪明才智才能通关。”菲利普斯说。

“如果我们输了，就不能入选团队。”拉维说。

“是啊,”尼克补充说,“我们‘死’了,而且没法重新开始。”

菲利普斯耸耸肩说：“得动脑筋。我们看谁足够聪明，能够避开危险，找到通向另一边的道路。有问题吗？”

“有，”达什说，“这个怪异的假工厂跟外太空的使命有什么关系？”

“问得好，”菲利普斯说，“答案要等到——”

“等到我们入选团队。”卡莉说。

“那么还有别的问题吗？”

“什么时候开始？”安娜问。

“就是现在！”菲利普斯大声宣布。

安娜立即跑进了那个“工厂”。她跳上一块黄铜地板，然后又上了另一块，试图像跳房子一样跳过去。当她跳上第四块时，地板从她脚下突然飞走了，显示出无底的深渊。

“啊啊！”她尖叫着，以为要掉下去了。

她站在那里看起来就像在半空中，她不得不使劲踩了踩地面，才确认地面还在。

“这太疯狂了！”她叫道。片刻之后，警报声响起，她被十几道红色激光击中。

“那就表示你死了。”菲利普斯喊道。

安娜怒气冲冲地从投影中跑出来，回到人群里。

“好的，我弄清楚了。”她尖刻地说。

“你们能看出来它多难对付。”菲利普斯说，“这项挑战无关速度或敏捷程度，它需要你们动脑筋。祝你们好运。”

菲利普斯说完，就大步走出门去。

每个人都盯着那个不可思议的工厂，每个人都在猜想他们怎么才能赢得这个全息的棋盘游戏。

“我直接往前冲吧！”尼克喊了一句，跳上了一块黄铜板子。

他踏上了第一块、第二块，然后是第三块。

他成功地走到了离第一台大型锅炉一半的距离处，并跳到了地面延伸出来的一根固定梁上。

“我搞定啦！”他喊道。

下一刻，外形介于外星人和电烤箱之间的一个小机器人就沿着他站着的那根横梁冲了过来，站在离他两英尺远的地方，用一道绿色激光束击中了他。警报声响起，尼克立刻浑身上下都是红色激光。那个机器人沿着横梁退了回去。

“天啊，”尼克说着，慢跑着回来了，“这好难啊！”

“它不可能是无法完成的，”达什说，“否则它就不会成为挑战项目了。”

加布里埃尔走出人群，盯着那些让人难以置信的奇妙装置，眯着眼睛沉思起来。他仔细地看着地板砖的节奏，以及时不时冲出来的那些小机器人的运动状况。

“肯定有某种模式。”西恩娜说。

达什也要试试看。他从一块地砖跳到另一块，尽量避开开阔的中心，接近围在棋盘周围的机器。他成功接近了一条传送带，弯腰藏在下面，试图躲避机器人。但是一个小机器人直接出现在传送带上方的安全带上，跳下横梁，打中了他。警报声，激光，结束。

“哇噢！”达什在跑回起点时，只能发出这样的感叹。

一个又一个，他们尝试了各种路线，但每次他们要不就是碰到地板从脚下飞走的情况，要不就是被小机器人击中。

派珀开着轮椅上了一块地砖，但立即就失败了，因为地砖从轮椅下滑开了。

“这不公平，”派珀说，“我不可能过去了。”

“我不可能放弃的！”拉维坚决地说。几秒之后，他被打中了。而后又失败了一次。

达什打算再试一次，这时他瞥见加布里埃尔独自站在一旁，还在对着那复杂的全息图沉思着。达什走向他，问道："你要不要试试？"

"我一直在寻找某种模式，"加布里埃尔皱着眉说，"每次我以为我找到了，它却又变了。那些机器人无法预料，它们根据我们的行动做出反应，所以每次都不一样。"

卡莉也加入了谈话，说："可能这就是这项挑战的意义。他们想看看我们怎么面对一场不可能取胜的比赛。"

达什的大脑转得飞快，他有了一个主意："或者我们只需要发现新的规则。"

"那是什么意思？"卡莉问道。

"我们必须做的是打败程序，对吧？"他反问道。

安娜趴在地上，从一块地砖爬上另一块地砖，指望自己不会被那些烦人的小机器人看到。她滚上一块地砖……然后又跟一个小机器人正好脸对脸。击中，警报，失败。

她站起来，朝起点走去，这时她看到了达什、卡莉和加布里埃尔在说话。于是她改变路线，走向了他们。

"你们哪儿也不去，动也不动。"她说。

加布里埃尔失望地举着手，说道："不管怎么动，我们哪儿也不去了，我们没法赢过这个东西，你们都是白忙一场。我走了。"

说完他气冲冲地朝门走去。

"加布里埃尔，等等，"卡莉喊着追上了他，"你不能放弃。"

加布里埃尔继续往外走，冲出了门口，卡莉紧跟在他身后。

安娜说：“看来他们终于承受不了压力了。太可惜了，我还想过让加布里埃尔当我的队员呢。”

“看来你得挑选其他人了。”达什说。

安娜挖苦道：“是啊，可不会是你。”

“真可恶。”达什说。

安娜转身离开他，又向全息图跑去。

西恩娜、拉维和尼克也不断地尝试，试图躲开那些机器人，但每次都失败了。那些小机器人看来非常享受击中他们，有些甚至会欢快地向后旋转，或者发出一声响亮的机械嘲笑声，这让所有人都更加抓狂。

“这玩意儿太蠢了！”拉维生气地喊叫着，“我恨那些小怪物！”

派珀坐在棋盘边缘，看起来情绪低落。

“不想再试试吗？”达什走近她说。

“我觉得我的轮椅跟那些地砖不匹配，”她说，“不过我还会再试试。”

达什看了看无法战胜的投影，又看了看徒劳无功地在棋盘上跳着的其他人。

“不用担心，”他说，“帮我个忙好吗？”

“当然可以，怎么帮？”

“让我搭车到那边去好吗？”

派珀奇怪地看了达什一眼。

“我是认真的。”达什说。

“你知道那是没用的，”派珀说，“我试过了。”

“也许你应该再试一次。”

派珀耸了耸肩，说道：“当然，为什么不呢？反正我也没别的事儿。”

达什走到全息图边上，示意派珀到他身边来。她操纵轮椅移动过来，紧靠着那幻象的边缘停住。

“我们走吧。”派珀说。

“还不到时候。”达什说。

他看着尼克被一个机器人追上了。拉维跑在那个机器人身后，希望不会被发现。但没用，那个机器人一转身就击中了拉维，然后再转身又击中了尼克，两人双双败下阵来。

两个人无奈地吼叫着，而那个机器人兴奋地尖叫着迅速跑开了。

“加布里埃尔和卡莉放弃了？”派珀问道。

“有那么点儿吧。”

“怎么说‘有那么点儿’放弃呢？”

“我们不喜欢这个游戏的规则，所以我们决定改变规则。”

达什的腕带电脑突然亮了，卡莉的影像出现在小屏幕上。

“准备好了吗？”卡莉问道。

“差不多了。”达什说。

他踏上了派珀轮椅的后杠。

“好了，”达什对卡莉说，“随时行动。”

“你们几个在做什么？”派珀问，她完全迷惑了。

卡莉说：“你们得动起来了，三，二，一！”

突然，灯光灭了，帐篷陷入了一片漆黑。

“怎么啦？”安娜在某个地方喊道。

达什伸出他的手臂，打开腕带电脑的手电筒模式，一束亮光从他手腕上射出，照在他们面前的地面上。

“上。”达什命令道。

派珀笑了，使劲发动了轮椅。他们飞快地驶进了竞技场地。机器全息图已经消失了，在他们面前的只有一片空地和终点线。

“怎么回事儿？”尼克喊道。

达什和派珀从惊讶的拉维身边经过，他震惊地愣在了那里。

“不！”安娜喊道，“不可以！”

她向他们跑过来，但太晚了。派珀加大油门，两人迅速冲过空地，轻松地拉开了跟安娜的距离。

“耶耶耶！”派珀极度兴奋地尖叫着。

“喔喔喔！”达什也大喊着。

他们一会儿就到了远处的墙跟前。达什跳下来，摸到了墙，同时派珀旋转着轮椅，绕了一小圈庆祝胜利。

“不行，这不算，”安娜边跑过来边喊着，“你们没有赢，因为停电了。”

尼克、拉维和西恩娜也上气不接下气地跑过来。

“究竟发生了什么？”拉维问道。

“他们只是侥幸碰到这样的事，”安娜说，“那就不算是胜利。”

“那个全息图没出任何毛病，”达什说，“只是我们把它干掉了而已。”

“啊……什么？”尼克问道，他完全糊涂了。

灯光突然又亮了，照亮了整个巨大而空旷的帐篷。全息图不见了。

站在他们面前的是菲利普斯指挥官和蒸汽。

“我要求重赛。”安娜说。

“为什么呢？”菲利普斯问道。

安娜太气愤了，看起来她脑袋都要炸了：“因为他们没有打败那台机器。”

“哦，实际上他们做到了，”菲利普斯说道，“只是并非我期待的那种方式。”

这时，停机坪方向的门开了，一名穿着沙漠迷彩服的士兵走了进来。紧跟在他身后的是卡莉和加布里埃尔。士兵大步走向菲利普斯，迅速地向他敬了一个礼。

“差点造成一场灾难，指挥官。”他说。

“知道了，”菲利普斯说，“把他们交给我。”

士兵转身大步走了，加布里埃尔和卡莉向众人走来，他们两个尽量忍住不笑。

“谢谢你！”卡莉对那个士兵喊了一句。

加布里埃尔直接走向达什，他们互击了一掌。

“这事儿应该有个解释吧？”西恩娜问道。

“那也是我们想知道的。”加布里埃尔说，“你们知道每天的灯火管制吧？那不是真的。他们有巨大的发电机给整个基地供电，但他们一直把发电机关小，告诉我们灯火管制了。为什么要那么做，指挥官？”

所有的眼睛都望向菲利普斯。

“这是真的，”菲利普斯说，“事实上我们每晚自愿降低发电功率。如果这个国家其他地方没有灯光了，我们也应该这样。我们会继续这么做，因为这是正确的事情。”

“但是你们还在继续发电，甚至在晚上也是，”卡莉问，“为什么呢？”

“这里有些设施，如果完全停电了，会受到不可修复的损坏，那就会危及整个计划，我们不能冒那个险。当最终团队选出来之后，你们会明白我的意思。”

“为什么你不直接告诉我们真实情况呢？”加布里埃尔问道。

“我理解你们的担心，”菲利普斯说，“请相信在你们必须知道的时候你们会知道的。”

“这一切跟那个全息图有什么关系呢？”安娜问道。

菲利普斯指挥官向加布里埃尔和卡莉看了一眼。

“那个挑战是打败程序，走到竞技场的另一边。”卡莉说，“没有人告诉过我们必须用什么方式。”

“我们上周发现了基地的发电机，看到它们怎么被调低的。”加布里埃尔说，“事情很简单，没电了，就没有全息图了。”

“那是达什的主意。”卡莉说。

安娜严厉地瞪了达什一眼，达什轻轻地耸了耸肩。

“那是作弊！”安娜大声说道。

“我不这么认为。”菲利普斯说。“这项任务是找到方法战胜程序，到达另一边。达什和派珀在加布里埃尔和卡莉的帮助下完成了任务。”菲利普斯面向加布里埃尔和卡莉补充了一句，“但是，如果你们把运行十号基地的事情留给基地管理人员，我会感激不尽的。”

“懂了，指挥官。”加布里埃尔说着向菲利普斯敬了一个礼。

“恭喜你们四个人，”菲利普斯说，“干得好！”

安娜想提出反驳，但她明白自己被打败了。

“比赛到此结束，”菲利普斯宣布，“明天我们将宣布团队名单。你们应该去庆祝。回宿舍去，我们已经为你们准备了一些东西。”

菲利普斯转身跟蒸汽一起走了。

“我真不敢相信，”安娜说，“我不知道作弊也行。”

“我们没有作弊，”达什说，“我们共同努力解决了一个问题。”

安娜走向达什，正视着他的眼睛。达什没有后退，不过一滴汗珠出现在他前额上。

“你挺聪明的，”她压低声音咆哮着，“但想要赢这场比赛，光有聪明还不够。”

两个人对峙着，鼻子都快碰到一起了，可谁也不肯退缩。一声狗叫打破了充斥着紧张的沉默氛围。

所有人都抬头朝上看去，他们看到一条金毛猎犬正向下看着他们，尾巴摇摆着。那个金发年轻人已经不见了。

安娜抛下达什，迅速跑开了。

尼克和拉维也离开了。

西恩娜走近剩下的几个人。

“别出心裁，”她说，“我希望自己也能想出这样的点子。”她也跟上其他人离开了。

“谢谢你带上我，”派珀对达什说。

“别谢我。没有你的话，安娜就会在终点线前打败我，所以我得谢谢你。”

“我不知道这场比赛谁会赢，”卡莉说，“但它太棒了。”

“是太棒了。”加布里埃尔说，“要是我们没有因为差点毁掉基地而被踢出去的话，我们现在就有机会了。”

第10章

“我没想过会这样。”卡莉说，这时她跟派珀正在走向她们宿舍楼的门厅。

“说真的，”派珀说，“我太累了，今天再也不想做任何挑战了。”

“欢迎你们！”蒸汽一边叫着一边匆匆迎上来，“希望你们喜欢。你们应该享受一下。长官！”

“享受什么？”卡莉问道。

突然，震耳欲聋的舞曲响起来，把地板都震动了。

“派对开始了！”蒸汽说着，把她们让进了大厅。

两人站在那里，不由得睁大了眼睛：整个空间都被装饰成了庆祝会的样子，众多橙色和蓝色的气球把天花板都遮住了，带褶皱的彩带垂下来，遮住了单调的墙壁。一张长桌上摆了满碗满碗的薯片和糖果，另一张桌上是各类果汁和苏打水。

看起来就像一场学校节日舞会。只是没有人开心。

西恩娜独自坐着读书。

男孩子们都围着点心桌坐着。

安娜甚至不在大厅里。

蒸汽甩着胳膊，两只脚用一种奇怪的舞姿交替跳跃着。他看上去更像是短路了，无法正常工作。

所有人都翻了翻白眼，转身背朝着那个机器人。

蒸汽放弃了，低下脑袋，回去倒苏打水了。

卡莉和派珀走近西恩娜，正式宣告男孩子们占据房间一侧，女孩子们占据另一侧。

“我认为在派对上不允许看书。”卡莉笑着说。

“我在研究长期太空飞行中人体的生理变化。”西恩娜说。

卡莉飞快地朝派珀看了一眼，说：“噢，原来如此，那应该是允许的。”

“谢谢。”西恩娜说着，又埋头看起来。

“我开玩笑的！”卡莉说着，从她手里把书拿开了，“休息一下吧，我们努力挣来的。”

“要是你坚持的话，”西恩娜叹了一口气说，“我们应该做什么？”

卡莉看着周围那些布置得过头但用心准备的装饰品。

“他们努力让这里看起来像是在举办一场舞会，那么我们来跳舞吧。”她说。

她拉起西恩娜的手，把她从座位上拉了起来。

“你也来。”卡莉对派珀说，推着她的轮椅走到房间中央。

三人面对面，开始和着音乐跳起来。西恩娜没跟上节奏，看起来完全不自在。派珀笑着，转动着她的轮椅。卡莉喜欢跳舞，围着她们两个旋转起来。

男孩子们看着她们，脸上的表情似乎在说，要让他们来跳舞，他们宁可再去对付一头阿贡盗龙。

“对非常奇怪的一星期来说，这是一个奇怪的结尾，”尼克说，“一想到明天我们有些人要回家了就觉得很奇怪。”

“老实说，我很想我的家人。”拉维说，“我想成为队员，但回家也不是坏事。”

“我跟你想的一样。但我真想加入，而且那样的话我家人能拿到一千万美元。”

“你想什么呢，达什？”尼克问道。

达什耸耸肩：“我希望即使我们没能成为队员，还能用某种方式帮助完成这项计划。”

“是啊，”拉维说，“比如教安娜学会开心。”

“看！”加布里埃尔说。

蒸汽在三个女孩中间，边转边舞……姿势很难看。

“我很高兴有人玩得很开心。”尼克说。

蒸汽一边舞着，一边向男孩子们走过来。

“噢，不，”拉维说，“想都别想。”

“可这是派对，你们应该让自己享受一下。”蒸汽说。

“你走开，把自己打晕吧。”拉维说。

“达什，”蒸汽说，“请你去储藏室，拿几升苏打水来好吗？”

“当然可以。”达什说着快步走开了，不用去跳舞他感到轻松多了，“蒸汽，不要伤害自己。”

蒸汽用他的小机械手指比画了一个手枪的姿势，转身面向其他男孩子。

三个人都转过身去背对着他。

“你们真是煞风景。”蒸汽说。

达什离开门厅，沿着长廊走向储藏室。

储藏室里，菲利普斯指挥官正坐在一张桌子上。

“噢，嗨，”达什有点惊讶地说，“你应该来参加派对。那真……嗯……”

“无聊？”

达什耸耸肩，笑了：“还不错吧，虽然……”

“我们遇到一个情况。”菲利普斯严肃地说。

“噢，”达什说，“我想派我来拿苏打水的事儿不是真的。”

“有个严重问题。”

达什静静地站在那里，等着最坏的结果——真的来了。

“是你的问题。”菲利普斯说。

“是因为我想出了关掉发电机的主意吗？那是一个错误，我不会再做那样的事情了。”

“那不是错误，那很聪明！”

“哦，那么问题是什么？”

“你十二岁，还多了半岁。”

达什瞪着菲利普斯，疑惑不解：“我不懂你的意思。”

“我们以为你只有十二岁，”菲利普斯解释说，“在流程中某个地方，你的生日输入时系统出错了，这意味着你比我们原先认为的大了六个月。我们今天才意识到这一点。”

“我还是没明白为什么这会是一个问题。”达什问道。

菲利普斯用手抓了一下头发，深深地、烦恼地吸了一口气。

“你知道我们为什么要召集如此年轻的一队人马吗？”他问道。

“我以为是跟成年人在身体上无法应对太空飞行的压力有关，或者类似的事情。”

“正是如此。我们创造了一种革命性的推进系统，使飞船不仅能够在空间跃进，而且在时间上同样如此。这就是我们能够把团队送到遥远太空的原因。没有这种推进系统的话，在太空中往返要经历好几年、好几十年，现在我们能够让团队在一年内往返。”

“那么为什么我的年龄是一个问题？”达什问道。

“这个系统的生物学组件会对年长宇航员的代谢系统造成巨大伤害。麻烦的是，生物学上关于成年人的定义是从十四岁开始算的。”

“哦。”这是达什努力说出来的全部的话。

“日程安排是在发射之前训练六个月，旅程本身要花上一年，那就意味着——”

“那就意味着，我们返回之前，我就达到了危险的年龄。”达什严肃地说。

菲利普斯低下头，踢着地面。

“这有多精确？”达什问道。

“精确到我们不能冒险，”菲利普斯回答说，“简单地说，你会死掉。”

达什的心沉了下去。

“那就这样吧。我回去了。”他说，尽量让自己的声音不发抖。

"差不多了，好的。"菲利普斯说。

"噢，"达什能说的只有这些，眼泪在他眼睛里聚集起来，"我猜我连试一试的机会也没有了。"

"我对不起你，"菲利普斯带着真诚的悔意说，"要是我们能早些发现这一点就好了。"

"有没有可能弄错了？"达什带着一丝绝望问道。

"不会，"菲利普斯说，"我很抱歉。"

达什擦了擦眼睛，拿起两瓶苏打水。

"那好吧。我应该带这些回到派对上去了。"

他转身向门走去，又停下脚步说："我本来已经入选了吗？"

"我不知道这会让你感觉好一点儿还是更糟糕，不过在所有参赛选手中，你是唯一稳操胜券的。你把这支队伍团结在一起了，达什，而且不止一次。这是我们非常看重的素质之一，你超乎每一个人的期待。我希望这对你来说是有意义的。"

"很有意义，谢谢。我不会告诉任何人的，我不想今天变成一场遗憾的派对。"

"我理解，明天之前没有人会知道。"

达什冲他点头致谢，离开了储藏室，慢慢地朝派对走回去。结束了。成为人类历史上最伟大探险队中的一员的希望完全破灭了。他不能拯救世界了。他也不能带给妈妈一千万美元了。他要回家了。他走到门厅跟前，看着众人。

男孩子们还停留在食物周围。

卡莉和派珀在房间另一边聊天。

西恩娜又在看书了。

当每个人都在想第二天会发生什么，每个人都有心结没打开的时候，很难庆祝起来。

达什轮流打量着他们，好奇他们之中谁会入选，谁会跟他一样感到伤心。

他站直了身体，深呼吸了一下，喊道：“嗨，这算是哪门子的派对啊！”

他冲进房间，摇晃着苏打水瓶。

“让我们来找乐子吧！”他喊叫着打开了瓶盖，一股苏打水喷了出来，打湿了男孩子们。

“耶！”卡莉尖叫着，跳了起来，冲向放苏打水的桌子。

她抓起另一瓶苏打水，使劲晃了几下，朝其他人喷去。

西恩娜赶紧把书塞进沙发坐垫下面保护起来。

“噢耶！”加布里埃尔喊道，“派对开始啦！”

他冲向食物，抓起一把巧克力豆，甩向达什。

达什把一碗芝士饼干倒在他的头上作为回敬。

派对迅速变成了一场喧闹的食物大战，一场欢乐的庆祝。每个人都在跟别人打闹，一边笑着一边扔东西，甚至还一边跳舞。

安娜抱着胳膊，从门厅另一边看着这场混乱。

蒸汽奔跑到她身边，苏打水从他的大眼睛上滴下来。

“来一起开心吧。”蒸汽说。

安娜摇了摇头：“他们不希望我在那里。”

“不，他们希望你来的。”蒸汽反驳说。

“不用，作为领导人不应该像这样失去警觉。晚安。”说完她转身背对着人群，走向自己的房间。

在她身后，“战斗”正在激烈进行。

紧张的感觉消失了。

达什含了一大口苏打水喷向尼克，尼克感到恶心的同时又歇斯底里地大笑着。达什也无法自制地大笑着，直到他的目光越过尼克看到了蒸汽。

小机器人在用他超大的机械眼睛看着他。

蒸汽知道真相。如果机器人能够表示同情的话，蒸汽正在做的就是。达什冲他微笑了一下，无可奈何地耸了耸肩。

蒸汽向达什敬了一个礼，然后端起一瓶汽水，把它倒在拉维身上。

“嗨！”拉维叫道，“小心一点儿，要不我拔掉你的电池！”

派对还在疯狂进行。

明天，真正的好戏才会开始。

第11章

十号基地的气氛就像是狂欢节。

一大片折叠座椅已经摆好，面向基地最大的飞机库的门。一支军乐队演奏着爱国歌曲。电视摄像机全都聚焦在大飞机库前面已经搭起的一个舞台上。舞台上有一个讲台和四把椅子，每一把椅子对应着一位即将被宣布的阿尔法计划队员。

折叠椅上很快坐满了十号基地的人员，媒体区域挤满了如饥似渴的记者。前排用绳子隔开了七把椅子和可容纳一辆轮椅的空地，等待着今天的明星们的到来。

上午十点整，一辆黑色窗户的大巴车开到舞台一侧停下，菲利普斯指挥官走了下来，踏上通向舞台的长长的坡道。

当菲利普斯走到麦克风旁边时，乐队和人群完全安静下来。

“梦想终于要成真了。”他开始讲话，经过放大的声音回荡在整个基地，“我们即将开始最后阶段的准备，然后就会把四位勇敢的宇航员送到星系另一端并让他们返回。”

出席的数百人，以及阿尔法计划的支持团队，爆发出雷鸣般的掌声，甚至记者们也在鼓掌。

“毫无疑问，我们将迎难而上，我们必须如此。有太多的危险在等着，但正如我们再三强调的，‘我们不接受失败’，而且我们——不——会——失——败！”

人群再次爆发出掌声。菲利普斯举手示意众人安静。

“你们应该把掌声留给八位杰出的年轻人，他们志愿参加此项计划。他们经历了漫长艰苦的测试，通过了严酷的考验。他们代表了我们这个世界最优秀的人才。现在我向你们介绍阿尔法计划的八位决赛选手。”

大巴车的车门打开了，八位穿着整洁的橙色和蓝色训练制服的参赛选手鱼贯而出。

观众欢呼起来。当安娜带领他们列队经过兴高采烈的士兵队伍，径直向他们在前排的座椅走去的时候，乐队奏响了振奋人心的音乐。

安娜像奥运会冠军一样向人群挥手，拉维也一样，西恩娜看起来有点尴尬和不好意思，派珀脸上洋溢着笑容。达什在最后，脸色开朗，他是唯一没有感觉到压力的人，因为他已经知道了自己的命运。他依然微笑着挥手，因为他们被要求这样做。

他们的影像正在被传播到全世界。全世界未来的希望将寄托在其中四位年轻宇航员的肩膀上，他们甚至在踏进太空飞船之前就已经成了英雄。

每个候选人都得到了同样的明星待遇，他们依次出现在电视上，获得了荣耀的时刻。他们走到自己的位置上，再次向人群挥了挥手，然后就座。

菲利普斯俯身向麦克风说道：“他们理应受到如此盛大的

接待。虽然只有其中四位年轻人会飞向太空，但他们全都同样合格。”

达什抬高了脑袋。

菲利普斯说：“做出选择是艰难的，但最终我们组合出了我们认为最佳的团队。这项计划的成功不取决于哪个人的能力，所有人团结一致才能让他们拿到索尔斯能源，并将其带回来。”

这些话又让人们再次起立，使劲鼓掌。

“对于今天即将回家的四位，”菲利普斯说，“请理解这是一次艰难的选择。我们所有人都感激你们的努力和做出的牺牲。一旦团队的四个名字宣布之后，我会带剩下的候选人回到大巴车上，开始你们的返乡之旅。请记住一件非常重要的事情：你们将成为官方的候补队员。如果我们的主队成员之一发生不测，你们可能会被召回接替其位置。”

坐在前排的孩子们交换着希冀的神情，他们意识到即使自己没能入选，也可能并非失败。

除了达什。

“现在，让我们回到令我们聚集在此的原因。”菲利普斯热情地说，“当我叫你们的名字时，请站起来，走到讲台上来，了解了吗？”

孩子们有的点了点头，有的竖起了大拇指。

派珀凑近达什，小声说：“祝你好运。”

达什冲她悲伤地一笑，说：“谢谢，你也是。”

其余众人都坐得笔直，他们的眼睛直盯着菲利普斯指挥官。

菲利普斯不需要打开信封读里面的名单。他知道谁是自己的队员。

“阿尔法计划团队第一位成员是——卡莉·戴蒙德。”

人群爆发出掌声。

“棒！”卡莉高兴地大叫，挥舞着拳头。

其他七位候选人鼓掌祝贺，虽然他们每个人的压力又增大了。

卡莉斜身对加布里埃尔说：“我在上面等你。”

她跑上坡道，奔跑到菲利普斯面前，两人握手，然后卡莉转过身，兴高采烈地向人群挥手。

人们的喜悦和兴奋迅速消退，转而等待下一个名字。

菲利普斯宣布道：“下一个队员的名字是——加布里埃尔·帕克。”

人群再度爆发出掌声。

卡莉再度挥舞着拳头，大喊：“棒！”

加布里埃尔慢慢地站起来。他真没想到自己会入选，特别是在他做出关掉基地所有发电机的愚蠢行为之后。

尼克和拉维捶着他的后背表示祝贺。

“绝对在情理之中。”西恩娜说。

安娜礼节性地鼓掌。

“快去！”达什催促道。

加布里埃尔这才反应过来。他跟派珀和达什各击了一掌，然后慢跑上了坡道。他和菲利普斯快速握了一下手，然后跟卡莉坐到了一起。

“我跟你说过会这样的。”卡莉小声说。

加布里埃尔忍不住咧着嘴笑。

掌声平息下来，菲利普斯也走回到麦克风前。

“第三位入选者是——派珀·威廉姆斯。”

人群发出巨大欢呼声，其中夹杂着惊讶地倒抽冷气的声音。

“我？”派珀自言自语，“他叫了我的名字？”

“是啊，他叫你了。”达什开怀大笑着，“我知道你会入选的。快上去！”

派珀发动了轮椅，加速上了坡道。

“不可能。”安娜震惊地说。

拉维斜身跟尼克说：“我猜，这意味着我们要回家了。”

尼克耸了耸肩，他也有同感。最后一个位置显然是给安娜或达什保留的。

“哦，”西恩娜说，“这太令人扫兴了。”

派珀上了平台，直接到了菲利普斯跟前。

“谢谢你。”派珀说，她眼睛里泛着泪光。

“不要谢我，是你自己争取到的。”菲利普斯回答说。

派珀驱动轮椅来到卡莉和加布里埃尔旁边，他们拥抱她表示欢迎。

四分之三的队员已经就位。

人群安静下来了。

达什吞咽有些困难，他的奋斗已经正式终结。他向尼克、安娜、西恩娜和拉维看去，他们正满怀期待地盯着菲利普斯。安娜是四人中最镇定的，她毫无压力。

达什只想着快点结束。

“在宣布最后一位队员的同时，”菲利普斯大声说，“我也要宣布，基于他在这场比赛中的突出表现，这位选手也将成为阿尔法团队的指挥官。”

一阵既兴奋又惊讶的低语声传遍了人群。

安娜坐得更直了一点儿。

拉维斜身向尼克小声说：“现在我知道我们完了。”

菲利普斯还在讲话，他说：“这位选手已经证明了他足智多谋，其智慧和创造力对于迎接团队所面临的已预知和预料外的挑战都至关重要。我们完全相信，在这位选手的领导之下，阿尔法团队将会成功地把索尔斯能源带回地球。”

人群保持安静，甚至没有人大口喘气。

“最后一位队员，也就是阿尔法团队的指挥官是——”

“达什·康罗伊！”卡莉喊了一声。

这意外的喊声令菲利普斯很吃惊，他不知道该如何回应。

“达什·康罗伊！”派珀也呼喊着。

人群发出低低的议论声。

尼克和拉维看到安娜生气得快要爆炸了，她死死地盯着卡莉和派珀。如果目光能够杀人，那么阿尔法计划就需要两名新队员了。

“达什·康罗伊！”加布里埃尔也大声说。

卡莉和加布里埃尔站在派珀两边，手拉着手以示团结一致。

“你要小心面对这种情况，”西恩娜小声对安娜说，“你必须赢得他们的信任。”

“哼哼，”安娜咬紧了牙关，“他们必须赢得我的信任。”

菲利普斯看了台上三人一会儿，惊奇地摇了摇头。

“来吧，指挥官，”加布里埃尔说，“你知道必将如此。”

菲利普斯转向了麦克风。

人们立即安静下来。

安娜也平复了怒气，坐直了，又把微笑摆在脸上。

“最终的选择是极其困难的，”菲利普斯大声说，“但最后我们对我们的选择报以百分之一百的信任。最后一位队员和阿尔法团队的指挥官是——达什·康罗伊。”

安娜已经做出了起立的动作，但是又僵住了。

“什么？”她惊讶地叫道。

达什甚至更为震惊。

尼克和拉维拍打着他的后背。

“我们知道必须是你，伙计。”拉维说。

“祝你好运，达什。”尼克说。

在达什站起身时，尼克看着拉维说：“我以为我们都同意了那个计划。”

“只是我们，伙计，”拉维说着摇了摇头，“应该只有我们。”

安娜一副魂不守舍的样子。她作势要站起来，但西恩娜伸出手拉住了她。

“别做傻事。”西恩娜的话中带有如此强势而坚定的力量，让安娜停住了。

达什无法迈动他的脚步，这怎么也说不通。

在人群狂热的欢呼声中，拉维推了推达什让他前进。达什麻木地走向坡道。

在舞台上，卡莉、加布里埃尔和派珀欢呼着，吹着喜悦的口哨。

达什有些晕眩地走上坡道，径直走到菲利普斯跟前。

两人握手，彼此靠近。

“我不知道怎么回事儿。”达什小声说。

“我们稍后再谈。”菲利普斯说着，指示他向队友走去。

达什跟他的队员们握手，四个人都举起了胳膊。

“女士们、先生们，以及全世界的人们，”菲利普斯宣布，“请允许我向你们介绍这几位太空旅行者。”

人们都站了起来，欢呼着鼓掌。就连通常用冷漠态度看待事件的记者们也站起来欢呼。

其他参赛选手也站起来鼓掌，除了安娜。她心烦意乱，坐立不安。

菲利普斯宣布：“让我们最后一次请出四位替补队员，向他们表示感激，他们将在后方等候，以防我们某位正式队员无法起飞。”

随着乐队奏响另一支曲子，菲利普斯离开舞台，走下坡道，径直走向坐在前排的四位替补队员。他示意他们跟他走。

安娜看着舞台远处，看到那辆大巴车的门开着，这让她万念俱灰。

她本来计划乘坐太空飞船离开十号基地，而不是一辆普通的旧巴士。

她快步走在前头，上了大巴车。其他人跟着菲利普斯走，在登车之前还迅速地向人群挥手作别。

在他们之后上车，车门随即关闭，音乐和喧闹声被关在门外，变成了低沉的嗡嗡声。

“这不对，”安娜强忍着眼泪大声说，“你怎么能说康罗伊会是比我更好的指挥官？我赢了两项比赛，要不是加布里埃尔和卡莉作弊我还能赢第三项。”

“这不是个人的问题，”菲利普斯说，“这些选择反映的是我们对如何组建一支最好的队伍的考虑。影响我们选择的一项重要因素是，他们表现出了协同工作的能力。”

“不是单独考虑我们每个人？”尼克问道。

“是的，”菲利普斯说，“就是这么简单。”

“所以即使我完成了所有的测试也无济于事。”安娜愤愤不平地说。

“并不是所有，除了一项，”菲利普斯回答说，“你没有跟其他人进行合作。”

安娜张嘴准备反驳，但又止住了。菲利普斯是对的，她心知肚明。

“谢谢你给我这个机会，指挥官，”尼克握着他的手说，“祝你们好运。”

拉维也伸出手来握手，说：“是啊，别搞砸啦。”

“谢谢你给我这个机会，”西恩娜说，“这让我眼界大开。”

安娜向后退了一步，独自生着闷气。

“记住，”菲利普斯说，“你们仍然有机会。到发射之日还有很长时间。”

“我不做别人的替补。”安娜咕哝着说。

“你们不必现在就做出选择。”菲利普斯说，“下一站是飞机场，你们从那里飞回家。祝你们旅途愉快。保持联系。”

大巴车门打开，菲利普斯走回音乐和人群的喧嚣声中。

“让我们离开这里吧。”安娜说着，倒在了座位上。

大巴车发动起来，向着十号基地的出口驶去。人群中许多人向他们挥手，但更多人把目光集中在舞台上，那里的四位年轻宇航员刚刚成为地球上最知名的四个人。

菲利普斯小跑着上了舞台。他示意队员坐下，然后抬起手示意人们安静下来。

“我想花一点儿时间简短介绍一下太空旅行者的任务：阿尔法计划。”他直面着众多电视摄像机大声说。

“我相信你们今天来的许多人都对到太空深处旅行抱有怀疑，你们会好奇我们怎么可能发展出来这种技术。我即将向你们展示一些东西，能够让你们放下顾虑，并且相信更美好的明天即将到来。”

好几台液压发动机的声音逐渐变大，深厚而低沉的隆隆之声在沙地上回响。所有人的视线都转向了那个足球场大小的飞机库的房顶，它的巨型天花板已经向天空打开。达什、派珀、卡莉和加布里埃尔也转动座位观看这一幕。

“发生了什么？”派珀问达什。

“你问错人了，”达什说，“我现在都不明白为什么我会坐在这里。”

所有的电视摄像机都聚焦在了飞机库的房顶上。

雷鸣般的发动机声越来越响了，好像有某种东西要从建筑物里升起来——某种大家伙。卡莉、达什和加布里埃尔站了起来，派珀转动着她的轮椅。他们先看到相当于飞机库长度的一条银线，随着高度上升，那条银线变化为巨大坚固的船舷，顶部微微弯曲。

“这是我想的那种东西吗？”加布里埃尔敬畏地说。

“女士们、先生们，”菲利普斯骄傲地说，“这就是将带着我们的太空旅行者团队拜访群星的飞船。”

话音刚落，飞机库的天花板降下来，露出整个飞船，它正是从飞机库里升起来的。

至此，它的身份确定无疑——一艘太空飞船。

没有掌声。现场大多数人已经见过它了，他们已经为了它工作了很多年。

这次亮相是为了让世界上其他人都看一看。

这艘飞船非常大，占据了从飞机库里升起来的整个平台。它有五层楼高，周身是闪闪发光的银色，整体呈椭圆形，前端略尖。它停在一个巨大的黑色圆环上，多彩的运行灯在其表面各处闪烁，表明飞船正在运行。

“全世界人民，我骄傲地向你们介绍：这是云豹号！”

人群终于爆发出骄傲的欢呼声。

四位队员此刻只能张大嘴巴凝视着那艘飞船，震惊不已。

“突然之间变得非常真实。”卡莉睁大眼睛惊奇地说。

“是啊，”加布里埃尔跟着说，“然后我们必须学会怎么驾驶那家伙。”

第12章

“欢迎登上云豹号，”蒸汽大声说，“它是一艘漂亮的飞船。长官！”当电梯把菲利普斯指挥官和阿尔法队全体队员送上太空飞船所在的平台时，小机器人正在电梯外等候。

“它比我的学校都大，”卡莉盯着那巨兽一般的船体，敬畏地说着，“它让我有点头晕眼花。”

蒸汽带着他们向前走。从下方向上看，巨大的飞船仿佛永远看不到顶。

“挨着这么巨大的家伙，让我都喘不过气来了。”派珀说。

“它看起来太不可思议了。”加布里埃尔说，“我还得说一次，我从没想到机器人也能走动还会说话。无意冒犯，蒸汽。”

这时，达什从余光注意到有什么动了一下，在他们右侧有某种小东西从船体上一闪而过。

“看！那是什么？”他叫道。

所有人都抬起头来，但不管那是什么，它已经消失了。

“它看起来像什么？”派珀问道。

"可能是一只鸟，但它真的在拖着东西。"达什回答。

这个问题没得到解答。他们继续往前走的时候，达什不断地回头瞄着，希望能再看到一次。

"这里是发射平台，"菲利普斯解释说，"蒸汽会带你们简单参观一下。还有很多需要了解的，但相信我，在发射日期到来之前，你们会把这艘飞船里里外外弄个清楚。"

"菲利普斯指挥官？"卡莉说。

"什么事儿？"

"不管怎么说，我认为你选择了最好的团队。"

"我同意，"菲利普斯带着罕见的微笑回答道，"参观愉快。"

"这边走！"蒸汽喊道，"现在是你们见见云豹号里面的时间了。"

四名队员跟着小机器人走上一条坡道，顺着它从靠近飞船尾部的入口进入飞船肚子里。他们走得很慢，细致地领略飞船的每一处细节,就像在见证一个原来不可能实现的梦想成真了。

菲利普斯看着他们走上坡道，走进飞船，直到看不见。

"大日子啊。"一个男人说着话，走到菲利普斯身边。

菲利普斯迅速转身，看到了那个总是在竞技场上方的看台上观察比赛的金发青年。他穿着跟菲利普斯指挥官身上类似的蓝黑色连体衣。

"进展顺利，你不觉得吗？"菲利普斯问道。

"我有同感，"金发青年说，"其他几个人对这个消息什么反应？"

"很失望，程度不同。"菲利普斯回答说。

“达什的反应怎么样？”

“迷惑。”菲利普斯说。

“他愿意接受那种风险吗？”金发青年问道。

“我不知道。我们应该准备好一个替补。”

“让我们期待不至于那样吧。”金发青年说着，两人从云豹号旁边走开了。

云豹号里，蒸汽和队员们紧挨着站在一个地方，非常拥挤。

“这里是气闸，”蒸汽解释说，“以防你们在太空中需要离开飞船。”

“离开飞船？”卡莉叫道，“不会有那回事儿。”

蒸汽继续说：“一旦云豹号进入了太空，你要去旅行或者回来，就得乘坐一架航天飞机，叫云猫号。”

“我们还得学会怎么驾驶那东西？”

“是的，”蒸汽回答说，“现在我们进入云豹号的发动机室。”

一道推拉门随着空气的嘶嘶声打开了，队员们迈步进入这奇境。

“天啊！”达什大叫着。

“哇！”卡莉只能说出这句了。

“真是越来越棒了。”加布里埃尔敬畏地说。

这里的空间大得像个大礼堂。在他们正前方停着一排交通工具，都是用跟云豹号同样的材料制造的。

“执行任务期间你们会用到这些交通工具，”蒸汽解释说，“这里有气垫船、个人水上车辆、双人潜艇和一辆陆地漫游车……”

队员们走到这些交通工具前，就像蜜蜂看到了蜜糖，畅想着如何摆弄这些超大玩具。

“这太酷了！”卡莉激动得喘不过气来。

“这些是很好，”达什说，“但我们为什么需要它们？我们的任务难道不是去往一颗行星，挖一些材料带回来吗？”

“是的，但你们要做好万无一失的准备，长官。”蒸汽说。

“是啊，”加布里埃尔说，“别问来问去。我想开着这些宝贝兜兜风。”

“你们会有很多时间练习的，”蒸汽说，“现在该往前走了。”

于是这群人重新聚起来，向舱室更深处走去。那里有一整面墙上都是驱动器阵列，成千上万的指示灯在闪烁。驱动器下方是几台触摸屏显示器，显示出几十份引擎原理图，还有飞船的控制按钮。

“我们正在下层甲板上，”蒸汽说，“我们上方还有一层甲板。发动机在前面。所有发动机都在这里控制和维护。”

“我们得学习怎么操作所有这些玩意儿？”派珀紧张地问道。

“是的，”蒸汽回答说，“但大多数情况下只是后备手段。这艘飞船是自动驾驶的，维护主要由 ZRK 进行。”

“谁？”达什问道。

达什的话音刚落，就像接到信号一样，一个像高尔夫球大小的圆圆的小物体从交通工具后面飞了出来，飞到了他们头顶上。每个人都躲了一下，但他们实际上不需要躲，因为那个圆球显然无意撞击任何人。它向那排显示器飞了过去，像一只高科技蜂鸟一样悬停在其中一台显示器跟前。

“那就是我刚才在外面看到的，”达什叫道，“它从这艘飞船的船体飞过。”

这是个蓝色的球，带着翅膀，还有像棒球上的线条一样的闪光灯。它周围有许多小型旋翼，给它提供升力和推力。球上的一个小面板打开之后，一个微小的机械臂出现了，轻轻地触控着屏幕更改其中一个滑动控件的设置,然后它就收回机械臂，飞走了。

“它飞走了。”加布里埃尔震惊地说。

“那就是 ZRK，”蒸汽说，“它们太多了，多到数不过来，而且一直在制造新的。实际上，是它们自己生产自己。它们不仅能使飞船顺利运行，更承担其他许多重要任务。”

“它们能思考吗？”

“不能像我这样思考，长官，”蒸汽说，“它们被设定为执行某种特定的功能。”

“它们挺可爱的。”派珀说。

“接下来这个是很重要的。”蒸汽边说边摇摆着向前走去。

他带领众人来到一个大型长方形金属装置跟前，这个装置内置在船体里。它有八英尺高，十英尺宽，迎面开了八扇带窗的小门，还有一扇卵形的大门。在这些门的下方，是一个带着长方形触摸屏的控制面板。

“这是飞船上最重要的一台设备，”蒸汽解释说，“它是元素合成器。你们要把拿到的各种原材料放进去，处理之后变成索尔斯能源。没有这个装置，你们的计划就变得毫无意义了。”

“我记下来了，”加布里埃尔说，“注意元素合成器。”

“让我们继续吧。”蒸汽说。

他们向前走到一面墙跟前，一扇门侧滑打开，然后他们进入一条漫长而狭窄的走廊。

“这里通往船头，”蒸汽解释说，“在这层甲板上方还有一条平行的走廊。”

在下层甲板上，蒸汽带他们看了体育健身和娱乐游戏的房间，那里有两层楼高，包括大批运动设施，比如蹦床、篮球场、健身自行车和高架跑道。

“重力情况怎么样？”达什问道，“要是飘浮在零重力环境下，可是没法在跑道上跑步的。”

“云豹号能产生人造重力。”蒸汽回答道。

“目前看来挺好，”卡莉说，“我们继续看看吧。”

蒸汽带他们走出了训练中心，经过走廊和又一扇推拉门，他们来到了一个巨大的舱室，这里一部分是图书馆，一部分是实验室。一整面墙体上都是放满了书的书架，对面则是长凳以及工作站和电脑屏幕。

“这是图书馆，”蒸汽说，“你们能找到几千卷纸质图书和数字文本。很抱歉，太空里没有互联网。”

“好吧，那么说这艘飞船也不是完全棒极了。”加布里埃尔说。

“为什么会弄个实验室？”卡莉问道。

“研究，”蒸汽解释说，“你们找到的东西需要仔细检验。”

“这太完美了。”卡莉激动地说。

他们又向前走去，一直走到走廊两侧相对的两扇门旁边。

“你们右手的门通往医疗舱。”蒸汽说，“派珀，菲利普斯指挥官想让你专门训练成为团队的医生。你想不想？”

派珀兴奋地睁大了眼睛。

“想！”她大声说，忍不住咧嘴笑了，“那正是我想做的事情！”

“对门是禁区，”蒸汽接着说，“这是一个安全问题。”

“那里是保存燃料的地方吗？”派珀问道。

“可以这么说。”蒸汽回答说，“现在我们去上层甲板。”

一架电梯载他们来到上层，蒸汽一边向前走着，一边向他们指出两间卧室、娱乐室、餐厅和厨房的位置。

“我们还得学做饭吗？”卡莉问道。

“不用，那是 ZRK 的工作，他们替你们做饭和打扫卫生。”

加布里埃尔的眼睛睁得大大的，他说：“你的意思是，我不必自己打扫，也不用洗盘子？”

“不用，长官。”蒸汽回答说。

“谁来掐我一下，看我是不是在做梦！”加布里埃尔说。

“最后一站，”蒸汽说，“我把最好的留在最后了。”

长长走廊尽头的那扇门滑开了，阿尔法队队员第一次看到云豹号的导航甲板。他们看到的第一样东西是长长的环绕甲板的前窗，可以俯瞰沙漠。窗上安装着一台八英尺宽的显示器，窗下方有好几块触摸屏。

四个飞行座椅依次排开，面朝前方。每个座椅的扶手上有一台触摸屏控制器，这跟他们在通过虚拟小行星地带时用到的完全一样。

“每当云豹号进入或者退出伽马速度[①]时，你们就在这里。”蒸汽解释说。

“伽马速度？”达什问道，“那是什么？”

“这项技术会让你跨越巨大空间，到达索尔斯能源所在的地方。没有伽马速度，这趟旅行要花上几十年。”

听到这里，达什的热情立即烟消云散了，这时他意识到，正是伽马速度技术使那些超过十四岁的人代谢吃力。

“现在，”蒸汽说，“我给你们介绍最后一个特色。”

蒸汽摇摇摆摆地走到导航甲板后墙处，墙体上有一个巨大的圆洞，直径三英尺，上方有一条水平栏杆。

“你们注意到这些了吗？”他说，“那边还有一个。”

他指向导航甲板的另一面，那里在同样一面墙上切割出了同样的一个洞。

“我看见了，”卡莉说，“到处都是。”

“这个入口连着一系列的管道，这些管道遍布整个飞船。大多数管道看不到，因为它们在墙后和甲板下面。”

“它们是做什么用的？” 达什问道。

“云豹号是很大的飞船，”蒸汽说，“从一个舱室走到另一个非常耗时，所以你们要选择飞过去。”

“飞？”卡莉疑惑地说。

蒸汽在开口处有一个布满了各种符号的面板上点了几下，向孩子们敬了个礼，然后跳进洞里，随着一阵简短急促的气流声，蒸汽消失了。

“哇噢，怎么回事？”加布里埃尔大叫着，跑到入口处。

“他去哪儿了？”派珀喊道。

“我在这里。”蒸汽说。

---

① 伽马速度，科幻设定，一种超光速飞行模式。——译者。

四个孩子转身看到蒸汽正站在导航甲板另一侧的入口处。

“不可能！”卡莉震惊地说。

“这是一套高速传输系统，”蒸汽说，“从导航甲板到发动机房只需要八秒。想试试吗？”

“好啊！”加布里埃尔喊道。

蒸汽快步走到前一个入口处，加布里埃尔正站在那里等着。

“这里是飞船结构图，”蒸汽指着控制面板说，“点击这个表明你所在位置的点，然后滑动手指到你要去的地方。”

“就像这样？”

加布里埃尔把手指放在代表他站立入口的那个点上，它变绿了。他滑动手指到厨房，面板上出现一条绿色轨迹表示他的路线。

“就是这样！”蒸汽大声说，“欢迎落地！”

加布里埃尔向洞里看了看，突然有点拿不准了。

“跳进去就行？”他问道。

“是的，长官。”蒸汽回答。

加布里埃尔耸了耸肩，两手抓住栏杆，先把脚伸进去。又一阵同样的空气呼呼之声，然后它就被另外的声音掩盖了——

“呀啊啊！”

加布里埃尔的尖叫声迅速消失了。

其他人瞪着入口，不知道该做什么。

“这行得通吗？”卡莉问道。

“对，行得通！”加布里埃尔大声说着，他已经从走廊里跑回到导航甲板上。

“这真是太神奇啦！我就像……在气垫上飞一样！伙计

们都来试试！”

“我，啊，我不行，”派珀说，“我到达那一边时无法走路。”

蒸汽走近派珀，伸出他的机械小手，扶着她的手臂表示安慰。

“我很抱歉。”他说。

“没事儿，”派珀耸了耸肩说，“我们不能带着一辆又大又破的轮椅满船跑。”

“这倒是。”蒸汽说，“不过有件事儿我们能做得更好。”他继续用手扶着派珀的手臂，在她的腕带电脑上敲了几个按键。随着一声轻响，在她的显示器上出现了四个字“即将到达”。

“到达？”派珀疑惑地说，“什么即将到达？”

随着一阵轻微的风声，一个银色装置从入口处浮现。它是一把线条流畅的椅子，带着扶手、靠背，还有一面有控制器的弯曲屏幕。它静静地飘浮在那里，等待着。

“这是什么？”派珀睁大眼睛问。

“你的新轮椅，”蒸汽说，“虽然它并没有轮子。”

“是悬浮座椅！”达什叫道。

“给我的？”派珀问道，她几乎无法抑制心中的激动。

“在飞船上备有四把这样的椅子，”蒸汽说，“它们操作起来要比太空飞船容易得多，长官。”

“真是太棒了！”卡莉高兴地欢呼起来。

派珀驱动轮椅靠近那把悬浮的椅子。她皱着眉头观察它，试图弄清楚怎么上去。

“只有这一次，”她说，“我需要一点儿帮助。”

卡莉和达什立即跑上前去，把她从轮椅中抬起来，轻轻地放在悬浮座椅上。椅子因为她的体重而沉了一下，随即又恢复了高度，仍旧飘浮着。

派珀握住操纵杆，轻轻地向前推，椅子向前飘动了一下。

“耶！”加布里埃尔欢呼起来。

派珀向后拉操作杆，椅子向后退。她向下推，椅子降到地板上。她向上抬，椅子再次升起。她轻轻地向右移，然后又向左移。

“简单吧？”蒸汽问道。

她朝机器人狡猾地微笑了一下，然后把操纵杆用力向右推，她立即飞快地旋转起来。

“耶，很容易！”她极度兴奋地尖叫着。

所有人都笑着鼓起掌来。

“不要！等等！”蒸汽叫道，“小心点儿！”

派珀停止了旋转，看起来有点头晕。

“哎呀，以后不再这么做了。”她说。她定了定神，看向蒸汽。“过来，小家伙。”她说。

蒸汽立即走到派珀身边，这时她也把座椅降到了甲板上。她靠过来，拥抱了机器人。

“谢谢你，”她说，“这太完美了。”

“不客气。”蒸汽回答说。

“我想你们已经参观完了。”这时，菲利普斯指挥官一边说，一边走上导航甲板。

每个人都开始发言，所有人都想让他听听他们对这艘飞船的看法。

“好的，我懂了，”他说，“它令人印象非常深刻。我们希望它的舒适程度也尽可能像它的性能一样好。”

“那么，计划完成了。”加布里埃尔说。

“你们会有大量时间进行探索，”菲利普斯说，“但是现在外面有些媒体人士想跟你们谈谈。”

孩子们交换了一下不确定的表情。

“我以前从来没有被采访过。”卡莉有些担心地说。

“只要尽力回答他们的问题就好了。蒸汽，你可以带他们出去吗？”

“是的，长官！”那个机器人大声说道，随即向门走去。

“等等，我们能利用管道吗？”加布里埃尔问道。

“当然。”菲利普斯说。

“比比谁先到！”派珀大声说道，随即全速飞出了导航甲板。

“哦哈哈哈！”她尖叫着，声音随着她的快速飞远在走廊里回荡。

加布里埃尔向管道跑去。

“你不可能打败我！”他一边喊着，一边画好路线，跳了进去，消失了。

“你应该试试，卡莉。”蒸汽说道。

卡莉有些惶恐。她在面板上指定好路线，向蒸汽示意确认。

“好极了，”他说，“不要害怕。”

卡莉有些不安地看着管道，然后突然扑向栏杆抓住了它，看起来她就像在高低杠上做体操。

“走吧！”她尖叫着，摇摆着进了管道。

“接下来是你，蒸汽，”菲利普斯说，“我们随后跟上。”

“是的，长官。”蒸汽说道。他迅速输入路线，跳进去，不见了。

只剩下了菲利普斯和达什。很长一段时间，一切安静得令人尴尬。

“我们得谈谈。”菲利普斯说。

第13章

“这么说，在我们返程之前我就会爆炸死掉？”达什问道。

菲利普斯指挥官深深地、满怀忧虑地吸了一口气。

“你知道这个任务多么重要，”他说，“而你是领导大家完成它的最佳人选。”

“所以要么你派给了我一项自杀任务，要么你也并不完全确定关于年龄代谢这种可怕的事情。”

“都不是。”菲利普斯说，“如果你执行这项任务，中途到了十四岁，你可能会死，或者至少你会有某些身体问题。”

“所以这还是自杀。”

“不是。”菲利普斯充满信心地说，“还有另一种选择。我来问你一个问题，在你听到阿尔法计划之前，你曾想象过这类事情可能存在吗？”

达什说：“我听说之后也没有相信它。这不是真的，我的意思是，不是认真的吧？深空旅行，全息图，智能机器人，伽马速度，ZRK，这些都太……不可思议了。但如今我看到了云豹号。”

“而且你才刚刚开始了解我们已经开发出来的技术。”

“非常令人印象深刻，不过你还没有提到怎么让一个孩子不要长得太快以致不能飞行。”

菲利普斯笑了。这真是出乎达什的意料，菲利普斯几乎从来不笑。

“我们已经开发出了一种生物技术，”菲利普斯说，“可以进行细胞治疗，如果你愿意的话。如果正确实施，它能够延缓衰老过程。”

达什盯着菲利普斯，试图让脑子弄懂刚才听到的话。

“你们已经发明了长生不老药？”他惊讶地问。

“没那么夸张，”菲利普斯说，“效果只是暂时的，但我们能够抑制细胞的自然老化过程。我的意思是，达什，要是你同意这项治疗措施，我们认为我们能够让你保持足够年轻，从而得以进行太空飞行。”

达什快速思考着。在他已经听到的所有这些神奇的事情中，这可能是最令人难以置信的。他走到前窗，看着外面的沙漠，想象一旦云豹号进入太空会是什么样的景象。

“之前你为什么没有告诉我？”他问道。

“因为我还没有确定最后的队员人选。”菲利普斯回答说，“而且使用这项医疗手段不是理想方法，这显然会有风险。”

“比如说？”

“它必须每天在特定的时间进行治疗。这是一个非常严格的疗程，没能准确遵守它就会失去效果，也就是说，你会开始正常变老。”

“那就糟糕了。”达什说。

“是的，那就糟糕了。”

“我回来之后会发生什么？”

“当你停止治疗，你的细胞会再次进入自然老化过程。它的表现就像从来没发生过任何事儿一样。”

达什看了看导航甲板上那些神奇的存在。

“你直到我看到这艘飞船之后才告诉我，”达什说，“你想让我上钩。”

“我想让你充分了解我们的能力。你自己说过，你不能确信任何一件事儿是真的，现在你知道它是真的了。”

“现在我知道了，”达什重复道，“而且我很害怕。”

“如果你选择不去，我能理解。”菲利普斯说，“你可以今晚乘飞机回佛罗里达。”

“谁会取代我？”

“我不知道，”菲利普斯说，“他们都很有能力，但你是让我们有最大机会成功的人，这也就是为什么我给你提供这个选择。我明白这是一个艰难的选择，也许我们应该打电话给你妈妈，听听她的意见。”

“不要！”达什立即说，“我知道她会说什么，而你不会想听的。我只能自己做出决定。”

“这正是我为什么选择了你。”菲利普斯说，“这件事令人畏惧，但一位领导人从不畏惧做出艰难的选择。你能做出这个艰难的选择吗，达什？”

载着安娜、拉维、西恩娜和尼克的大巴车飞快地沿着荒凉的沙漠公路行驶，前往拉斯维加斯郊外的机场。这回没有悍马车护送他们，天上也没有全副武装的直升机保证他们路上的安全。他们的测试已经结束，安全已经不是问题了。

或者说他们认为不是问题了。

在高空中，一架没有标记的军用直升机跟踪着他们。

大巴车上的人都不知道，都没有看见。他们已经深入莫哈韦沙漠太深了，没有什么要注意的事情。方圆五十英里之内连一辆车都没有。

突然，直升机俯冲下来，匹配着大巴车的速度。它下降得很快，刚好进入司机视野的盲区。它从后方以四十度角接近大巴车，直到上空三十英尺处。飞机的侧门打开了，它突然加速向前到了大巴车正上方。一根绳子被扔了下来，一个黑影迅速滑下来。三秒钟之后，人影落到了大巴车顶上。他放开绳子，直升机飞走了。

那个黑影是一名特种兵。他戴着黑色防风帽，脸上蒙着面具，嘴巴附近有两个金属盘。他迅速从背上拿下一个背包，伸手进去拿出一个像小型灭火器的圆筒，圆筒一端伸出一根像杆子一样的长针。特种兵抓起圆筒，举高，然后用力向下砸。长针刺穿了大巴车顶部的车皮，特种兵打开了圆筒底部的一个阀门。

他像猫一样迅速向大巴车头跑去，一边跑，一边从腰带上取下一个长长的金属工具。他到了车头右侧，用力把工具挤进了车门上方，猛地一推，就打开了车门。他就像一个杂技演员一样，抓住大巴车门框上梁，翻身而下，进入车里。

司机已经瘫倒，昏迷不醒了。他迅速解开司机的安全带，猛地把司机推出了车外。特种兵控制了大巴车，迅速向后扫了一眼，看四名乘客也都昏迷不醒，便伸手拿起了拴在胸前的步话机。

“孩子们都睡着了，”他通过面具上的过滤罩说，“我现在开车带他们回家。”

前方两英里处是两条高速公路的交叉口，直行可到达机场，另一条路则不是。特种兵将车开上了另一条路。

卡莉、加布里埃尔和派珀坐在一张堆满麦克风的桌子后面，应对着舞台上挤作一团的几十名记者提出的问题。

“你们想家吗？”一名记者问道。

“当然，”卡莉回答说，“但我们每天晚上都跟家人通话。我会告诉他们我每天是怎么过的。”

“派珀，”另一名记者大声点名，“你觉得你的残疾对这项任务的影响有多大？”

所有的目光都集中到坐在椅子上的金发小女孩身上。

那是一张会飞的椅子。

派珀把椅子从桌边稍微后退了一下，慢慢地飘浮到舞台前方，然后突然上升，从记者们的头顶飞过，他们都笑着躲开了。派珀飞回舞台上，在桌子后面她的位置上就座。

“你说的残疾是什么？”她故作天真地问道。

记者们大笑着鼓起掌来。

就在欢呼声继续时，达什走上了舞台。他走到其他队员后面，向为他保留的那个座位走去。

“一切都好吗？”卡莉小声说。

达什点点头，坐在了他的位置上。

“达什！”一位记者喊道，“你已经被任命为这次计划的指挥官。只有一个问题：你害怕吗？”

达什看了看其他队员，他们都充满期待地望着他。他清了清喉咙，说道：“当然。谁不害怕呢？但我不会让害怕挡住我们，我们所有人都不会。”

记者们再次鼓掌。

阿尔法队队员们露出了开心而自信的笑容。

安娜慢慢地睁开了眼睛，她的头很痛。为什么会头痛？她逐渐清醒过来，定神向周围看去，她还在大巴车上，只是车没有动。

“嗨！”她对还在大睡的其他人喊道，“快醒醒。”

其他人慢慢地起身，也感到了类似的头痛。

“我们到了吗？”尼克问道。

“我们在某个地方，”拉维边看着窗外边说，“但这里不是机场。”

他们还在沙漠里，大巴车停在一条荒凉的土路边。

“司机哪里去了？”尼克问。

没有人知道答案。

“有意思，”西恩娜说，“有谁能猜出这两位是什么人？”

他们都挤到西恩娜身边，向侧面窗户外看去。

几码之外停着的是那架没有辨识标记的直升机。飞机前面，肩并肩站着两个穿黑衣的特种兵。

大巴车门打开了，一个男人走了进来。这是一个老人，头发灰白，黑色眼睛充满激情。孩子们从未见过他——但他从他们到达十号基地起就在观察他们。他慢慢地走上车，脸上带着微笑，意思是让他们放松，但看起来更像是强迫而不是友好。

所有人都挤在一起寻求安全感。

那个男人站住了，依次看着每一个人，似乎在点名，然后拍了拍手。“太棒了，”他说，“我很荣幸能见到你们。”

孩子们疑惑地看了看彼此。

“你是谁？”安娜试探着问道。

“我是能给你们第二次机会的人，”他说，“如果你们足够聪明能够抓住它的话。”

第14章

这是发射前的夜晚。

经过一年的努力工作——召集队伍，又经过六个月的训练，马上到了出发的时候。

十二小时倒计时已经开始。

达什、卡莉、加布里埃尔和派珀正在十号基地的宿舍里安静地吃晚餐。直到每个人都吃完了，推开餐盘，卡莉才说出始终盘旋在他们脑海中的那句话。

“我们准备好了吗？”她问道，“我的意思是，真的准备好了吗？当然我们可以让那些机器飞起来，运转系统，但我以前从来没有去过太空。”

“我认为我们已经准备好了。”达什信心满满地说，“这个任务太重要了，如果我们没有准备好，他们是不会派我们去的。”

“但是，要是在太空里发生他们没有预计到的事情呢？”

卡莉问道，“我们不可能针对所有的可能性进行训练。”

“那正是我们挣那一千万美元的时候啊。”加布里埃尔说。

在模拟训练的这些时日里，加布里埃尔成为团队中最好的飞行员，被任命为正式驾驶员和领航员。他拥有不可思议的预测下一步行动的能力，安全完成了所有挑战。

“要是知道我们具体要去哪里就好了。”派珀接着说，她又提到了他们已经争论了好几个星期的事儿。

派珀已经接受训练成为医生。她大部分时间都花在云豹号的医疗舱里，执行模拟紧急救治，学习如何使用庞大的医疗数据库。

“我同意派珀的意见，”卡莉说，“我的意思是，我们明天就要出发了。”

卡莉被指定为飞船上的科技人员。她花了好几个星期了解飞船的结构，学会如何检修元素合成器、如何分析天体风暴的密度。

“试着不要给自己压力，”达什说，“我们要做到这一点。我们会带着索尔斯能源回来的。我会再跟菲利普斯谈谈。”

作为这项计划的指挥官，达什必须学习全部东西。他不仅要做到基于其他队员的建议做出决定，还要能够接替其中任何人。

他们在健身房锻炼，在娱乐室看电影。他们装饰了自己的宿舍，每天跟家人视频通话。随着时间从几星期延长到几个月，队员们对他们的技能、对彼此都越来越有信心。

“我对我们有绝对的信心。”达什说。

“好！”菲利普斯说着走进了房间，蒸汽紧跟在他身后，

“我也有。”

他大步上前，站在桌子一头。

“明天是个大日子。我希望你们都能睡个好觉。”

“我怀疑我根本睡不着。”卡莉说。

“怎么了？”他问道，他感觉到了整个晚餐过程中的沉重气氛。

达什代表团队站了起来。

“我们已经做了你要求我们做的所有事情。”他开始说，“我们离开了家人，我们努力工作，我们像疯子一样学习，我们已经同意飞到宇宙另一边。我们很高兴已经做到了一切，因为这很重要。”

“百分之百正确，”菲利普斯说，“接下来是什么呢？”

“问题就在于此，”达什反唇相讥，“接下来是什么呢？我们要去哪里？我们明天就要发射升空了，但我们就跟刚到这里那天一样，对接下来要去哪里一无所知。”

“我们应该知道要去哪里，指挥官，”派珀说，“这是我们努力争取来的权利。”

菲利普斯发出一声疲倦的叹息，这时队员们第一次意识到，他也跟他们一样工作得很努力。

“我们一直给你们太多信息了。”菲利普斯说，“我担心的是，信息太多会难以掌握，即使像你们这些杰出的脑袋也不行。我不想因为往前看得太远，而让一些东西就在我们眼前从缝隙中溜走。这就是我为什么一直忍耐着不给你们飞行的所有信息。”菲利普斯停下吸了一口气。“不过你们是对的，”他肯定地说，“跟我来吧。”

所有人都跟着菲利普斯出了餐厅，进入娱乐室。只见指挥官大步走到房间另一边墙上悬挂着的大显示器旁边，队员们各自找了面向它的舒适座位。他按了几个按钮，显示器打开了，显示出一幅详尽的三维星图。

“你们的目的地是大约二十年前由深空探测器发现的一颗行星。”

屏幕上的图像被放大，闪过千万颗又千万颗恒星，创造出令人眩晕的深空旅行效果。图像最终放慢，直到唯一一颗绿色行星充满了屏幕。

“它叫作 J-16，大气层成分和引力非常类似地球。我们不完全确定那里的生命存在的情况。”

“但那里是有生物的？”卡莉问道。

“是的，但我们并不认为它们会像地球上已知的智慧生命一样。”

卡莉努力地在她的腕带电脑上输入笔记。

“那么我们究竟要去找什么？”达什问道。

“要一步一步来，记得吗？”菲利普斯说，“让我们首先把你们送到那里。”

“好吧，那么第一步的情况怎么样？”加布里埃尔说，“我需要画一条通过星系的航道吗？”

“不，”菲利普斯说，“云豹号已经预先编程完成大部分旅行路线。一旦你们离开地球轨道，就会跃进至伽马速度。这次航程要花十五天时间。”

“以那样的速度，我们离家相当远了。”达什说。

“是的，”菲利普斯说，“不过你们不会孤单的。我会和你们保持联系。”

“那好极了，”卡莉说，“但从地球上察看离家百万英里的生活是不一样的。”

“我知道，”菲利普斯说，“这就是为什么我要派第五名队员跟你们一起去。”

孩子们爆发出一阵杂乱而惊讶的喊声，菲利普斯立即举起双手让他们安静下来。

“是谁？”加布里埃尔问道。

“我。”蒸汽说。

所有的眼睛都向那个小机器人看去。

“你们不会认为我会错过这么有趣的事情，对吧？长官！”

孩子们再次爆发出一阵叫喊声，这次是喜极而泣。

“太对了，小蒸汽！”派珀说。

“蒸汽了解飞船系统的一切，”菲利普斯说，“他将引导你们度过这项计划的每一个阶段。”

“但你们是对的，”菲利普斯继续说，“意外情况总会发生，那是不可避免的。为了应对未知，我们需要你们所有人。人类会思考，会适应，有直觉。挑选你们四个不仅仅为了发现谁最合适驾驶飞船，而是因为你们组成的团队能够迅速思考和应对意外。”

菲利普斯话里的分量重重地压在每一个人的心上。

达什说：“我们不接受失败，对吧？”

“要是我们想让这个世界正常运行，就得这样。”菲利普斯说，“大家都清楚了吧？”

所有人都麻木地点了点头。

“好的。你们已经百分百地准备好了，相信我。明天你们就要上太空了，今天晚上尽量休息好。”

大家站起来向外走去。

“达什，等一下好吗？”菲利普斯说。

“什么事儿？”达什等其他人走后问。

菲利普斯把一个黑色金属手提箱放在桌上，打开它，露出一排像白色钢笔的东西。

“是时候开始了。”菲利普斯说。

达什低下了头，他完全知道菲利普斯在说什么。

“就是这东西？”他问道。

“每个小瓶里是一次的剂量，”菲利普斯解释说，“很容易使用。将手臂消毒后，弹掉瓶帽，露出注射器，然后注射，你几乎感觉不到什么。”

达什拿起一个，仔细看着它。

“日程安排是怎么样的？”他问道。

“至少二十四小时内必须注射一次。要是你不能准确地在时间范围内完成，也不是世界末日，但是，如果你完全错过一次剂量，那么——”

“那么就是世界末日了，”达什说，“至少对我来说。”

菲利普斯没有说话。

“我不想让其他人知道，”达什看着注射器说，“他们压力已经够大了。”

“我明白，”菲利普斯说，“不过蒸汽知道。你必须有后备支援。”

达什深呼吸了一下，脱口而出：“好的。为这平凡无奇的一天干杯。”

菲利普斯帮他将手臂消毒后，他举起注射器，弹掉瓶帽，把它扎进胳膊。随着轻轻一声响，第一次注射完成。

“那么我的时钟停下来了，”达什说，“我希望你们知道你们在做什么。”

那个晚上，没有哪个队员能酣睡一夜，他们脑子里有太多想法在跳来跳去。

他们跟各自的家人进行最后一次视频通话，要再过整整一年才能再见到他们，最后的告别总是困难的。

准备完成了，训练结束了，再见也说过了，除了看着倒计时走到零，没有任何事情可以做了。

“达什？”午夜后某个时间，加布里埃尔轻轻地叫道。

“我醒着。”达什说。

“有些事实在困扰我。”

“我们准备好了，加布里埃尔。”达什安慰他。

“这我知道。”

“那么是什么事儿？”

“要是我们搞砸了会怎么样？我是说，要是我们全力以赴还是失败了，没能带回来索尔斯能源该怎么办？整个世界都指望着我们，我们怎么再面对所有人？”

达什想了一会儿，然后说：“这里有两个答案。就像菲利普斯说的，我们所能做的是一步一步来。不要去想整件事儿，那太难以把握，只需要担心下一步就好了。”

“另一个答案是什么？”加布里埃尔问道。

“我收回那句话，”达什说，“没有别的答案，我们不接受失败。”

第15章

第二天太阳出来之前，十号基地的数百人已经聚集在云豹号发射塔所在飞机库附近。所有的目光都集中在巨大的银色太空船上，随着它从发射塔上缓慢地上升，然后伴随着强大的爆发力，它直射云霄，快得不可思议。来自飞船发动机的巨大推力使得地面也为之震动。没有烟尘的尾迹，只有巨大飞船迅速缩小的影像，飞船比任何同样大小的人造机械速度都要快得多。此前从未有过。

人群的欢呼声震耳欲聋，这时飞船已经变成了一个小黑点，迅速消失了。

达什、卡莉、加布里埃尔和派珀分开站着，整理着他们线条流畅的新海军连体衣，衣服上有个全息的 V 形标志。令人惊讶的是他们整个早上都在闲聊，他们讨论体育，说着乏味的笑话，他们努力说着各种跟任务无关的话题。但从云豹号开始倒计时，他们变得沉默了，在整个起飞过程中没再说过一个字。

“检查你们的腕带电脑。”蒸汽指示说。

四个人都看了看他们的腕带电脑，只看到六个简单的字：云豹号已入轨。

下方的人群继续欢呼着。

“我猜这意味着轮到我们了。”卡莉说。

菲利普斯走过来，达什迎上前去。

“阿尔法团队报到。”达什说。

菲利普斯温和地笑了笑，带领他们前往即将载他们上发射平台的电梯。现在云豹号已经走了，小巧的云猫号独自待在巨大的发射平台中心，看上去比平时显得更小了。他们走上坡道，跟蒸汽一起走进航天飞机。

“这是飞行的好日子，长官！”机器人快活地说。

“我很高兴你在这里，蒸汽。”派珀说。

菲利普斯帮助他们就座。云猫号内部放了四把飞行座椅，两个在前，两个在后，还有足够大的地方供他们走动。加布里埃尔坐在左前方的驾驶员座椅上，达什挨着他坐下，卡莉坐在加布里埃尔后面，派珀也从她的悬浮座椅转移到了右后方的座椅上。在他们后方，蒸汽用尼龙肩带把自己固定在机舱上。

菲利普斯检查了每一根肩带，确保队员们是安全的。

“我不想说再见，”菲利普斯说，“我们一直保持对话。我也不想说祝你们好运，因为你们不需要它。你们都太棒了。”

“那么你想说什么？”加布里埃尔问道。

菲利普斯想了想，咳嗽了一下，好像在克制情绪：“我希望你们了解，我以你们为荣，我多么希望我能跟你们一起去。”

“谢谢你，指挥官，”达什说，“很快就能见到你了。”

菲利普斯点点头，在哽咽起来之前走出了航天飞机。

现在只剩下四名队员了，他们交换了一下紧张的目光。

“我想就是这样了，”达什说，“最后还有什么要说的？”

“有，”加布里埃尔说，“不要说‘最后’，我们才刚开始。”

“说得对，”达什说，“让我们起飞吧。看你的了。”

加布里埃尔戴上了他的黑色飞行眼镜。他点击了一下按钮，收起登机坡道，密封了机舱。这都是很平常的，只不过这次不再是训练时的练习。

“阿尔法控制台，”加布里埃尔用他最专业的飞行员声音说，“这里是云猫号。我们已安全，准备发射。”

“收到，云猫号，”阿尔法控制台的声音回应他们，“启动发射程序。”

加布里埃尔从控制器上松开手，坐了回来。

“好了，伙计们，”他说，“没什么要做的，享受旅行吧。”

阿尔法控制台宣布：“云猫号，你即将发射。推进器即将点火。五，四，三，二，一，点火。”

发动机启动，云猫号剧烈地震动起来。随着云猫号从平台上缓缓升起，所有人都被轻轻地按在座位上。

“升空，”阿尔法控制台宣布，“十秒后主推进器启动。”

“我嘴巴太干没法吞咽了。”派珀说。

“别担心，”达什平静地说，“我们已经做过一千次了。”

“是的，”卡莉说，“除了离开地球这部分。”

“三，二，一，点火。一路平安，阿尔法团队。”

主推进器发动了，推动力的增加把每个人都深深地压在座位里。这时云猫号迅速加速，直插云霄。

在地面上，人们欢呼着，眼里流下了泪水。

四个家庭在家里看着电视，望着他们的孩子消失在天空中。

为了脱离地球引力，云猫号在加速。

“所有人都好吗？”达什问道。

“好。”

“不错。”

“超级棒！”

没有什么不正常的现象，包括前窗外正在变暗的天空。团队已经在模拟练习中见过这一切了。

“我必须不断提醒自己这是真的。”卡莉说道。

随着与引力的搏斗，云猫号开始颤抖。

“哇噢，”派珀说，“这不太一样。”

“阿尔法控制台，”加布里埃尔说，“这种震颤比训练时更剧烈。我牙齿都在打架。”

“你们状态良好，”阿尔法控制台说，“这在预料之中。”

“对我来说可不好，”加布里埃尔回应说，“我都看不清了。”

震颤变得越发剧烈了。

虽然没有人承认，但这令他们更加紧张。

“快结束了。”蒸汽大声说。

颤抖越来越强，队员们被进一步压在座位里，然后，毫无预兆，飞行平稳了。

“噢，”加布里埃尔放松地说，“这是……不一样的。”

“快看这里！”派珀大声说道。

她以前在游戏中幸运地抓到了一只毛绒小象，这个玩具现在飘浮在她面前。“我们进入轨道了！”她说。

“休斯敦，”加布里埃尔笑着说，“我们没问题！”

“再说一遍，云猫号。”阿尔法控制台回复说。

“我们已经到达轨道。”加布里埃尔回答说，这回正经多了。

阿尔法控制台把云猫号送往云豹号的自动程序做了一次轨道修正，航天飞机被送上旅程。所有人都好奇地看着前窗之外的太空和繁星。

“这就跟模拟的一样，”卡莉说，“但是天啊，这是真的！”

“看那边。”达什大声说，他指着前窗的边缘处。

所有的眼睛都向那边看去，那里是地球行星的轮廓。深蓝色的海洋与黑色的陆地形成强烈的对比，从加利福尼亚海岸上空飘过的白色云系就像淡淡的棉花糖。

“我不知道下边有多少人在想着我们。”卡莉说道。不敢去猜，这个念头太折磨人。

“十五分钟后与云豹号交会。”阿尔法控制台宣布。

远处已经出现了一个小小的银色斑点，那就是云豹号，它正待在应该在的位置。

“嗨，小蒸汽，”加布里埃尔说，“我关掉电脑，亲自带你们过去怎么样？”

“不，长官，”蒸汽说，“这不是一个好主意。”

“得了吧！”加布里埃尔劝诱道，“那么一来，训练就毫无意义了。”

“最好不要。”蒸汽说。

“你怎么想，达什？”加布里埃尔说，“你是指挥官。我能那么做吗？”

达什很纠结，他不希望出现任何问题，但他也想表示对团队的信心。他回头看了一眼卡莉和派珀。

“我觉得可以。”卡莉耸了耸肩。

“去吧,”派珀补充说,“要不然,我们就白练习一千回了。”

加布里埃尔给了达什一个大大的、无辜的、恳求的笑脸。

“好吧，”达什说，“只是小心点儿。”

“好！”加布里埃尔大声说。他坚定地把飞行眼镜推到鼻梁上，把手放在控制平板上。

“云猫号，”阿尔法控制台立即说道，“你是在手动模式下。”

“是的，我们是，”加布里埃尔回答说，“只是想体验一下这件事儿。”

“我对这事儿的感觉很糟糕。”蒸汽说。

加布里埃尔专注地看着太空中变大的那个点，那是云豹号，他加大了推力，加快交会。

“这回要比在模拟器上更容易。”加布里埃尔说。

他甚至提高到更快的速度。云豹号逐渐显示出形状来，对接门打开了，正在等待他们。

“云猫号，重新进入计算机控制模式。”阿尔法控制台命令道。

“我能对付它。”加布里埃尔回答说。

云豹号显得更大了。

“我们飞得太快了。”达什警告说。

“我以前飞得比这还快。”加布里埃尔反驳说。

“那都不是实际操作，”达什说，“重新启动计算机控制模式。”

“放轻松，我能搞定。”加布里埃尔说。

云猫号飘向右方，离开了对接的中心线。

“重新启动计算机，加布里埃尔。”达什说，他的声音有些变了。

“快到了。”加布里埃尔说着，眯起眼睛集中注意力。

“重新启动！”达什大声说，“这是命令！”

加布里埃尔没理他，他太专注于驾驶了。

达什面前没有重新启动的控制器，只有飞行员才有。但达什自己也有一副飞行眼镜。

“我来接管。”他宣布之后，戴上了眼镜。

“不！”加布里埃尔大声说。

达什戴上眼镜之后，云猫号的控制权立即转移给了他，他是指挥官。他把手放在控制平板上，云猫号立即减速了。达什把航天飞机拉回中心线，让它缓慢地通过对接门。

“重新启动计算机。”加布里埃尔重复道，这是工作。云猫号轻轻地进入了发射舱。飞船停进了甲板，发动机逐渐停了下来。

“阿尔法控制台，我们已经抵达云豹号。”加布里埃尔说。

“收到，云猫号，”阿尔法控制台说，“欢迎登船。”

在云豹号发射门关闭时，好几秒钟里没有人说话。在门密封的同时，人工重力的效果显示出来，阿尔法队队员们再次感受到自身的重量。

“我本来已经搞定了。”加布里埃尔生气地对达什说。

“你太快了，已经偏离了航线。”达什说。

“那句‘这是命令’是什么玩意儿？”加布里埃尔问道。

“我是指挥官，”达什说，“当时我们有麻烦。”

“我们没有。”加布里埃尔争辩。

“那样做是愚蠢的。”达什说。

“随便你。”加布里埃尔反驳说，“下次飞行的事儿留给我，指挥官。”

两人瞪着对方。达什尽力控制着自己的脾气。

卡莉在两人之间斜靠过来说：“我们现在可以走了吗？”

男孩们彼此别过头，解开安全带。派珀已经在她的悬浮座椅上了，蒸汽为他们放下了出去的坡道。

“哦，”蒸汽说，“我们不需要那么激动。”

加布里埃尔愤然离开了，其他人也跟了上去。他们绕到云猫号前面时，几个蓝色的 ZRK 飞来检查航天飞机的损伤情况。队员们忽略了它们，径直向电梯走去，片刻之后，他们到达上层甲板。

加布里埃尔很生气，达什也是。女孩们也很不安。此生只有一次的冒险的开端竟然这么快迎来争吵。

蒸汽带着众人向前走，直到来到通往导航甲板的门边。他转身面对众人，说道：“有一件特别重要的事情，你们必须记住。”

“是吗？”加布里埃尔不耐烦地说，“什么事儿？”

“我们在太空里，长官。”

通往导航甲板的门打开了，显示出云豹号前窗外太空的全景。

孩子们依然没有说话，但原因不一样。在这一刻之前，他们通过那个窗口看到过的风景只有沙漠，现在欢迎他们的是宇宙的无限美景。

“我，啊，我……哇噢。”这是加布里埃尔能说出来的所有语言。

窗户上方的巨大显示器闪烁起来，出现了菲利普斯指挥官的实时画面。

“发生了什么事？”他恼火地质问。

“理解有误，”达什迅速回答说，“我以为我们偏离了航线，所以我授权了手动控制。是我的错。”

加布里埃尔惊讶地看了达什一眼。

“这是一次失误，”加布里埃尔真诚地道歉说，“不会再有了。”

“不能再发生了，”菲利普斯严厉地说，“你们明白吗？”

“明白。”达什和加布里埃尔同时说。

“那好。”菲利普斯说完，平静了下来，“让我们重新开始。在太空里的感觉如何？”

“太棒了！”派珀热情地说，“地球太美了，还有那些星星，足有几十亿颗！”

“现在怎么做？”达什问道，“我们在轨道上待一阵子？确认飞船安全？整理我们的房间？”

“嗯，不，”菲利普斯说，“看你们的腕带电脑。”

所有人都举起手臂，看到又一个倒计时已经开始。计时从五分钟开始倒数。

“五分钟后会发生什么？”卡莉问道。

“到你们的飞行座椅上坐好，”菲利普斯说，“当计数归零，飞船会到达脱离轨道的位置，进入前往J-16行星的合适轨迹。”

“哦，”加布里埃尔说，“你的意思是我们现在就要前往深空？就是现在？”

“我们能够等到下一圈轨道，但有什么意义呢？我们这就开始进入正题吧。”

队员们向各自座位跑去。加布里埃尔在最左侧的飞行员座位上，卡莉紧挨着他右侧，派珀进了接下来那个座位，达什的座位在最右侧。

加布里埃尔戴上了他的飞行员眼镜。

“这将是你们的一次新体验，”菲利普斯说，“进入伽马速度会有颠簸，然后就平稳了。这是一次预先编程的项目，不需要加布里埃尔采用手动控制，明白了吗？”

所有人都向加布里埃尔看去。

他明白大家都在看他，说道：“我明白！我不会碰任何东西。”

“还有一分钟，”菲利普斯宣布，“各位感觉如何？”

“准备好了。”达什大声说。

“兴奋。”派珀回答说。

“担心。”卡莉说。

“以上都有。”加布里埃尔说。

“十五天后，云豹号就会到达并切入环绕 J-16 行星的轨道。”菲利普斯说，“从现在到那一刻，你们要做好拿到索尔斯能源所需元素的准备。”

“一次一步。”达什说。

“三十秒。”蒸汽宣布。

“我羡慕你们，”菲利普斯说，“你们是第一批以伽马速度旅行的人类。”

“等等，什么？”卡莉说，“你说这一切都测试过。”

“旅途平安，”菲利普斯说，“我会和你们保持联系。”

屏幕熄灭了，取而代之的是倒计时。

“八，七，六……”

“我们应该担心吗？”派珀紧张地问。

“现在太晚了。”达什回答说。

“三，二，一，点火！”

孩子们被抛回到各自座位上，这时云豹号从地球轨道上跳起，脱离这颗行星的引力，进入伽马速度状态。

下一站，宇宙的另一边。

PART TWO

第二部分 J-16 行星

J-16

第16章

突然猛烈加速带来的推背感仅仅持续了几秒钟，之后飞船就安定下来，几乎感觉不到它在运动。

“就这样了？”卡莉问道，“我们真的是在以伽马速度飞行？”

加布里埃尔点了一下他的控制面板，一幅宇宙地图显示出来。代表云豹号的小小的绿色“A”字在黑色的虚空和白色的璀璨群星之间醒目地凸显出来。图像在移动，虽然很慢。

“我们在前进，”加布里埃尔说，“我不知道应该是吓一跳呢，还是感到失望。我完全感觉不到我们在动。”

“这是好事儿。”达什一边说着一边解开了安全带，“我可不想未来两周都提心吊胆。”

蒸汽插话说：“现在我的任务是向你们简述下一阶段的任务。”

“终于来了！”加布里埃尔大声说。

显示器上出现了绿色行星 J-16 的图像。

“几年前，一个无人探测器被派往太空的一颗行星，它传回了图像。这颗行星非常原始，就像一百万年之前的地球。这个视频是探测器接近这颗行星时拍摄的。”

显示器切换为移动镜头，穿过了一片茂密浓郁的热带丛林，从一片厚厚的冠层飞过，那里就像是巴西的热带雨林。

“那里的大气层是可以呼吸的，重力也跟地球类似。”蒸汽说。

探测器掠过茂密的树冠上方，然后向下俯冲，经过摇曳的高大灌木丛，灌木的叶子就像毯子那么大。它俯冲经过一片纠缠的藤萝和大片彩色花朵。

“这么乱七八糟的地方，我要在哪里降落呢？”加布里埃尔问道。

“稍等。”蒸汽说。

屏幕上，茂密的植被让位给了一片宽阔的草地，它坐落在一处山谷里，远处是连绵高耸的群山。好几条瀑布从悬崖上落下，形成了一片热带天堂的景象。

探测器下降，轻轻地着陆在草地上。

“那就是你们的着陆点，”蒸汽说，“导航将会锁定探测器留下的信号，引导你们过去，长官。”

“那里会有什么样的生命？”卡莉问道，“除了植被。”

“不清楚，”蒸汽回答说，“导航会锁定来自探测器的信号并引导你们进入。”

“我敢打赌那里有蛇，”加布里埃尔说，“那里看上去就像那种有很多蛇的地方。我恨死蛇了。”

“你们需要的所有信息都存在我们的数据库里。我们有两星期时间进行准备。”蒸汽说。

“那好吧，”达什说，“加油，各位。”

队员们花了一些时间让自己逐渐习惯在云豹号上的生活。他们有许多时间在娱乐室里看电影和打游戏，他们在体育馆进行锻炼，在管道里玩追逐比赛。

饭菜总是令人称道的。他们从电子菜单上点好菜，很快ZRK 就会飞进餐厅，带来他们的食物。用餐结束后，ZRK 会把餐桌打扫得干干净净，一点儿面包屑也不会留下。

ZRK 无处不在。它们不仅对非常复杂的系统进行维护，而且还要做饭、整理床铺、洗衣服。

“我回去的时候，要带几个这样的小家伙回家。”加布里埃尔每天都要念叨好几回。

不过，这趟旅程并不总是有趣的。加布里埃尔不断地对照着设定路线检查云豹号的进程，他还继续在模拟器上进行飞行训练。计划中要用悬浮器在 J-16 行星表面活动，所以他把大部分时间用在掌握这架飞船上了。

派珀每天为队员们进行医学检查，采集重要指标，比如体温和血压，她甚至还做视力和听力检查。数据输入后发回十号基地，这样医生们能够监测队员们的健康状况。

卡莉需要了解元素合成器里里外外的情况，以便到时候可以准备好合成索尔斯能源。她从飞船各处拿来各种材料，比如糖、水、纱布、食物残渣……用能找到的任何东西在仪器里进行练习，看能创造出什么奇怪的新化合物。大多数情况下她出来的时候都是脏兮兮湿漉漉的，但这有助于她掌握这台机器。

达什也把大量时间花在了模拟器上。

加布里埃尔对此并不高兴。“我不管他是不是指挥官，”几天后他跟卡莉坦白，“他的工作不是进行驾驶。他也总是插手元素合成器的事儿，还老是检查派珀的工作，就好像他不信任我们能做好一样。”

“他只是试图掌控这些事情而已。”卡莉说道，试图安抚他。

“是的，好吧，如果他那么优秀，也许菲利普斯应该派他一个人来这儿。”加布里埃尔说。

达什和加布里埃尔之间的紧张关系没有消除，但相比进入飞行状态后仅仅几天发生的戏剧性事件，它就显得太小了。

达什当时正在跑道上绕圈跑。正当他准备结束每天的跑步锻炼之际，他视线捕捉到健身房下方有什么东西一闪而过。它太大了，不可能是一只 ZRK，也太小了，不会是一名队员。

“嘿！”他喊道，“蒸汽，是你吗？”

没有回应。

一个影子移动到了蹦床下面。

“加布里埃尔？”他又叫了一声，还是没有回答。

达什迅速走下从抬高的跑道通往健身房地面的圆形台阶。

“我知道你在那里，”他喊道，“我看见你了！”

达什慢慢地移动着，小心地朝蹦床走去。他的脉搏加速跳动着。怎么回事儿？为什么那人没有回话？

“别闹了，好吗？这不好玩。”

达什看不到蹦床底下，因为他的视线被两个大健身球挡住了。

“我知道是你，加布里埃尔。你想跳出来吓我，对吧？”

达什走得足够近了，能够摸到健身球。

“好吧，”他说，“够了。”

他把两个球推到一边，看到了一只金毛猎犬！

达什是如此震惊，以至于都不能动了。

那只狗走向他，坐了下来，举起爪子跟他握手。

达什木然地握了一下。

“怎么回事？”这是他努力说出来的所有的话。

那只金毛猎犬收回爪子，跑向大门口。

达什努力清醒过来，跟着狗跑过去。

“嘿！停下！站住！坐下！”

它继续跑着，穿过走廊向前跑去。

达什紧跟在它后面。这是个错误。必须是。这条狗肯定是在没人知道的情况下不知怎么上了飞船。

那只狗一直跑到禁止队员们进入的那个房间门口。它站在那里，用鼻子嗅着房门，抓挠着它。

“你不能进那里，”达什说，“它很危险，而且……”

那扇门滑开了。

达什的话咽回了肚子里，这时他看到是谁打开了门。站在禁区门里面的是另一个意料之外的拜访者。是那个在十号基地时，一直在看台上观察比赛的金发年轻人。

“你！”达什惊叫道。

“我认为你已经见过火箭了。”那个人说。

“火箭？”达什震惊地重复道。

“我的狗。”

“那么你是谁？”达什质问道。

“我的名字叫克里斯。我正跟你们一起旅行。”

第17章

“到底怎么回事儿，菲利普斯指挥官！”加布里埃尔一边生气地冲着显示器大喊，一边在导航甲板上踱着步，“这家伙是谁？”

全体队员连同蒸汽都在场。克里斯站在一旁，双臂抱在胸前。火箭卧在他脚下，打着瞌睡。

“克里斯是我们所有人在这里的原因。”菲利普斯回答说，“他发现了索尔斯能源，他创造了伽马驱动，他设计了云豹号，从一开始这就是他的计划。我只是那个帮他把一切整合到一起的经理人。”

四个孩子都转过身来，好奇地看着克里斯。

“他看上去就像还在念高中！”卡莉大声说，“这怎么可能呢？”

“他比他看上去要老。”菲利普斯回答说。

“所以你是某种超级天才？”达什转向克里斯问道。

“我是。”克里斯平淡地说，“还有，这是我的狗，火箭。”

火箭抬起头来，摇了摇尾巴。

“你为什么不告诉我们呢？”派珀又问菲利普斯。

“说真的，”加布里埃尔说，“这是一个弥天大谎。”

“我没有撒谎，”菲利普斯说，“我只是没有告诉你们所有的事情。”

“那是肯定的，”达什说，“这个‘一次只考虑一步’的说法也太老套了。”

“不告诉你们是出于安全目的。”菲利普斯说，“阿尔法计划很多年来都是最高机密，克里斯掌握的信息和他发明的技术是无价的。现在，这项计划公开了，有些人愿意不惜一切抓到他。我们只是不能冒这个险。”

派珀飞近蒸汽，然后说：“你跟我们说那个禁区房间里是供给云豹号的能源。”

“是的，”蒸汽说道，“那是克里斯的房间。没有他就没有阿尔法计划，他就是能源，长官。”

“等等，”达什说道，“成年人不是无法在伽马速度下生存吗？”

“我已经研究伽马模型很多年了。”克里斯说，“我设计了一种血清，让我能够承受伽马跳跃的冲击，正如你所看到的。但它是专门针对我的生理的，对于其他人未必有效。”

达什直盯着克里斯的眼睛，试图读出他的想法。克里斯知道他每天注射针剂防止衰老吗？

“难以置信。”达什说。

“还有什么事儿，菲利普斯？”加布里埃尔问道，“你还有什么没告诉我们？我们现在没办法掉头了，并且仍然不知道我们要找什么。”

菲利普斯看着克里斯，说道：“现在他们都该知道了。”

“正是如此！”卡莉说。

“但我不想听菲利普斯指挥官来说，”达什说道，“如果克里斯是主导人，那么应该由他来讲。”

所有的眼睛都望向克里斯。

克里斯拍了拍火箭的脑袋，平静地向前走到显示器下方。当他说话时，他准确得就像一台计算机。“我们正在前往 J-16 行星，在那里我们将获得能够合成索尔斯能源的元素之一。”克里斯说道。

“元素之一？”派珀说，“还不止一种？”

“一共是六种。”克里斯回答说，“这也是元素合成器存在的意义。我们必须收集所有的六种元素，才能产生索尔斯能源这种化合物。”

“那么，我们必须在 J-16 上找到六种元素？”达什问道。

“不，只有一种元素产于这个星球。拿到它之后，我们必须立即前往另外五个行星。这就是为什么这项计划会持续一整年。”

四个孩子瞪着克里斯，震惊到什么反应都没有。

“继续说吧，克里斯，”菲利普斯从上方的显示器中说，“他们必须做好准备。”

“我们不会就这样去，对吧？”加布里埃尔紧张地说。

“拿到每一种元素都是很困难的，”克里斯说，“比如，这是存在于 J-16 行星上的一种生物。”

显示器上，菲利普斯的图像让位给了一幅静止的恐龙照片，它高大威猛。

孩子们都喘不过气来。

“那是……那是……一头阿贡盗龙！”达什大叫道，“在竞技场上安娜和我跟它战斗过。”

“所以，在 J-16 行星上是有生命的。”派珀严肃地说。

“我们必须避开阿贡盗龙才能拿到那种元素吗？”卡莉问道。

“不完全是，”克里斯回答说，“组成那种复合能源的元素既有化学的，也有生物的。我们要从 J-16 行星上拿到的元素是阿贡盗龙的牙齿。”

队员们爆发出震惊的喊声。

“你说的不是真的吧！”加布里埃尔大声说。

“那简直是疯了。”卡莉说道。

当叫喊声平息下来之后，克里斯说：“我们飞船上有设备能够轻易地放倒一头阿贡盗龙，困难在于取下它的牙齿。”

达什用双手捂住了脸。

卡莉的嘴巴大张着。

派珀忍住了眼泪。

加布里埃尔克制着扑向克里斯把他的眼珠子打出来的冲动。

“其他行星的情况怎么样？”达什问道，他的声音比耳语大不了多少。

“你们已经尝试过了，”菲利普斯回答说，“在冻原项目和元初星项目里。”

“所以，我们那时候不仅仅是接受测试，”达什说，“我们也在被训练。”

“正是如此。”菲利普斯回答说。

加布里埃尔站了起来，径直走向克里斯，说道：“所以我们要穿越宇宙，到一个爬满了恐龙怪兽的行星上，打晕它们，然后像个牙医一样拔下它们的牙齿。而这还只是第一种元素？”

“我不知道牙医指什么，不过，是的，那只是我们计划的第一阶段。”

加布里埃尔抬头看了看显示器上的菲利普斯说：“一千万美元可不够。”

“保护地球好几代人还不够吗？”菲利普斯问道。

“你们还有什么没告诉我们？”达什问道，他严肃得有些可怕。

“你们还没有得知在每一颗行星上要做的事情的细节。”菲利普斯说，“除此之外，这就是这项计划的全部内容。”

“不，还有另外一件事儿。”克里斯说。

“我们会讨厌它吗？”加布里埃尔问道。

“很有可能。”克里斯回答说，“随着到达后面每一颗行星，我们会离地球越来越远。只有拿到所有六种元素才能组合出索尔斯能源。如果我们在任何一个星球上失败了，都无法创造出索尔斯能源。”

“那么这项计划就会失败。”卡莉说道。

“不止如此，”克里斯说，“没有索尔斯能源以及它提供的足够能量，云豹号就没有动力返回地球。”

这个消息再次震惊了队员们，让他们哑口无言。他们试图让大脑在被这样的重磅炸弹轰炸后恢复理智。

“我们现在可以掉头回家吗？”达什问道，“实话实说。”

“不能，”克里斯说，“我们已经进入了全伽马动力状态。减速需要时间，我们会越过返回点。我们必须收集那些元素，制造那种能源，否则我们将无法返回地球。”

菲利普斯说：“而且地球也会死去。”

“我想，我们确实没有失败的选择。”达什说。

孩子们在娱乐室召开了只有队员们参加的会议。克里斯没有被邀请，连蒸汽也不能参加。

“他们从一开始就对我们说谎。”加布里埃尔急躁地踱着步子说。

“他们一直等到我们无法回头才告诉我们要做什么，”卡莉说，“我们的家人也完全不知情。”

“整个世界都不知道。”派珀说。

达什让所有人发泄完，直到没有更多事情可以抱怨。“我们被困住了。”他说，“依我看我们只有两个选择。我们可以拒绝执行这项计划,但那意味着我们在太空里回不去了,永远。”

“另一个选择是继续这项计划？”派珀问道。

“是的。”达什继续说，“可能关于困在这里这件事儿，他们说的不是实情，但我不确定是否要冒险。”

“我认为我们可以造反，接管飞船，”加布里埃尔大胆地说，“我可以绘制路线，引导我们回家。”

“我怀疑那种可能性。”卡莉说，“那些 ZRK 控制着飞船，它们能够反对你输入的任何命令。达什是对的，我们只有两个选择。”

“投票吧，”达什说，“我们或者停止它，或者继续执行。

我投给继续执行。请记住，即使所有那些都是谎言，我们来这里也是有原因的，那就是拯救地球，还有我们的家人。是吧，加布里埃尔？”

加布里埃尔皱起眉头想了一会儿，说道：“我投给第三种选择，造反。如果 ZRK 阻止我，那没办法，但我投票赞成试试看。”

“你呢，卡莉？”

“我们必须继续推进这项计划。”她说，“这是一件高风险的事情，但我们还是有机会带回索尔斯能源，阻止世界陷入黑暗。虽然情况不像我们签字同意的那样，但希望最终结果还是一样的。”

“好的。那么派珀你呢？”

派珀紧张地把手插入她长长的金色头发中。

“我害怕。”她说，“我的意思是……恐龙？而且谁知道以后还会有什么？”

“那么，你想做什么？”卡莉问道。

“拜托，派珀，我能把我们送回家。”加布里埃尔说。

“我相信你知道怎么做到，加布里埃尔。”派珀说，“但是这艘飞船是克里斯设计的，即使我们控制了它，他也会找到方法夺回去。我们要做最有可能让我们回家的事情，那就是继续执行计划，合成索尔斯能源。”

加布里埃尔抱着胳膊，噘着嘴。

“结果已定，”达什说，“我会告诉克里斯。”

达什来到克里斯住处的密封门前。“克里斯，”他说，“我是达什。”

克里斯的房门滑开了，达什瞥了一眼他的房间，整个空间都环绕着硬盘驱动器和显示器，足以跟云豹号的机房相比。这让他意识到，派珀是对的，如果他们试图控制飞船，克里斯会夺回去。

“什么事儿？”克里斯说。

“我们都同意继续执行任务，就像原来计划的那样。”达什说。

“我很高兴听到这个消息，”克里斯说话的时候，没有显得轻松也没有显得感动，“你们不会后悔的。”

“是的，我们明白。只是告诉我一件事儿，实话实说，你觉得我们拿到材料，制造出索尔斯能源的概率有多少？”

克里斯没有犹豫，他说：“你想要真相吗？”

“是的。”

“五十对五十吧，”克里斯回答说，“只要我们逐一在每个星球上完成任务，概率就会上升。”

这个消息让达什感觉就像肠子被子弹打中一样。

“五十对五十，那可不太妙。”

克里斯没有回应。

“我不会告诉其他人这件事儿的。”达什说，“我会跟他们说，你对我们完成计划绝对有信心，我们不会失败。”

“那么你也变得不诚实了，”克里斯说，“为什么你这么做就好，而我这么做就不行呢？”

“因为这不是我的主意，”达什说道，他努力控制住怒气，“我没有让大家离开家人，飞到太空执行一项可能成功也很可能失败的计划。我们唯一完成它的机会就是相信它是可以成功的。所以，是的，我会捏造事实，但这跟你们做出来的事情没有相近之处。”

“我懂了。”克里斯回答说。

达什正要转身走开，然后又想起一件事儿，停住了脚步。

“你知道我的年龄吗？还有我在注射的血清？”

“我知道。”克里斯说，“这说明你很勇敢。”

“这跟勇敢没有任何关系。我这么做是因为我认为这项计划非常重要，而且我相信阿尔法计划。我错了吗？”

“只有当我们失败的情况下。”克里斯说。

队员们以伽马速度进行宇宙旅行，日子一天天过去了。他们继续训练，现在他们获得了目的地的信息，可以进行针对性训练。

加布里埃尔基于探测器登陆 J-16 行星时拍摄的镜头进行模拟飞行。

派珀研究热带气候疾病，准备专门用于治疗皮肉损伤的急救包。

卡莉搜索计算机数据库，了解她能找到的关于 J-16 行星的一切。现在数据库解锁了，她发现从探测器上传送回来了大量的信息，包括其他生物的数据。阿贡盗龙可能是最凶猛的，但还有其他恐龙类的爬行动物会给他们造成麻烦。

达什也在模拟器上进行训练，不过他练习驾驶并不多。取而代之的是，他在蒸汽的指导下学习如何使用一种类似火箭筒的脉冲炮，它能够发射电荷能量，用来放倒阿贡盗龙。他在虚拟现实模拟器里花了很多时间，在那里他能够了解当他处于丛林时会面临的情况。阿贡盗龙出现，攻击达什，迫使达什用虚拟武器对它们开火。他好一会儿才掌握了这件长武器的瞄准方法，不过几天之后，他已经能把各种生物打得东倒西歪。

克里斯大部分时间都待在他自己的房间里，队员们对此没什么意见，他们不想跟他打交道。他独自用餐，也很少出现在导航甲板上讨论旅程进展。

克里斯就是一个谜。他没有什么个性，跟他说话就像跟一个没有情感的机器人交流，真正作为机器人的蒸汽反而有着自己的个性。

另一方面，火箭总是在飞船上跑来跑去。尽管它是克里斯的狗，孩子们也当它是自己的狗一样欢迎它。他们带着它在健身馆里玩捡东西游戏。当他们在娱乐室看电影时，就让它在他们膝头睡觉。实际上，火箭是他们唯一没有质疑的意外。

每个人都期待着每周的家庭访问日，那时候阿尔法控制台会打包来自他们地球家里的照片和音频，直接传到飞船上。队员们都没有透露这项计划的真相。他们已经身陷麻烦，就没有必要让家人再担心了。正好相反，他们努力堆上笑容，谈论着飞船多么伟大。每次通话结束时，他们的家人都对事情进展顺利充满信心。

就像菲利普斯和克里斯，他们也不是完全诚实的。

跟菲利普斯指挥官的通信总是简短、紧张、一本正经的。他已经失去了队员们的信任，但他们还需要来自地球的支持，所以他们还得忍受偶尔和他进行对话。

在飞船上有大量的事情要做，所以从来不会觉得无聊。当两星期倒计时就要结束时，紧张感又回来了。

计划的下一阶段就要开始了。

克里斯在导航甲板上跟队员们会合。当他踏上舰桥时，所有人都立即停止了讨论。

“我要说一些事情。”克里斯大声说。

没有人回应他。

“我理解你们对我以及对菲利普斯指挥官的感受。你们感觉好像我们欺骗了你们，某种程度上来说是这样的，但这并未改变我们面对的事实。地球处于危险之中，你们的家人处于危险之中，我们有一个机会来拯救他们。这也正是为什么你们自愿参加这次行动，这都没有改变。我希望你们能够克服对我们所用方法的鄙弃，记住为什么我们会在这里。”

“但我们不信任你。”达什说道。

“我理解。”克里斯说，“我会尽我所能赢回信任。”

“我们会考虑这件事儿。”卡莉说道。

“理解。”克里斯说，“不过请考虑得快一些。”

“为什么？”加布里埃尔问道。

克里斯指向前窗外一望无际的星域。几星期以来队员们一直凝望着这幅景象，惊叹着他们在宇宙里快速前进时星星排列的不断变化。

“在那里，”克里斯说，“那个绿色光点，就是J-16行星。我们将会提前到达。”

第18章

从伽马速度快速减速并退出，并不像他们进入伽马速度时那样平稳。云豹号颠簸冲撞得就像正在咆哮的大海上航行，它把队员们挤压在安全座椅上，将他们抛向一边，然后又毫无征兆地抛向另一边。

“我要吐了。”派珀大声说。

“这是正常的吗？”卡莉紧张地问。

克里斯的图像出现在前方显示器上，他看上去很平静，就像在一张摇滚座椅上休息。

“没什么好担心的，”他说，“这不会太久。”

“那最好不过了，否则我会吐掉午饭。”加布里埃尔说。

翻来覆去的摇滚又持续了几秒钟，然后旅程又平稳了，就跟此前航行时一样顺畅。队员们彼此看了一眼，期待有人说些什么。

“我的脑袋还在旋转呢。”卡莉说。

“我的胃也是。”派珀跟着说。

“我们再也别这么做了。”加布里埃尔边说边摘下了他的飞行眼镜。

“伙计们，”达什说，“快看！”

他指着前窗，深绿色的新世界的地平线在他们眼前展开了。

“欢迎来到 J-16 行星。”达什说。

剩下的只有一件事儿了——打败恐龙。

卡莉在娱乐室里召集了所有队员，包括克里斯和蒸汽。她站在显示器前，指着在行星表面拍摄的不断变化的热带丛林照片拼图。

“我已经研究过 J-16 行星了。” 她参考着腕带电脑上的笔记，开始发言，“我了解这颗行星，也了解上面的生物。我已经制订了一个追捕阿贡盗龙的计划。达什和我讨论过，他已经同意了。”

“你跟达什讨论过了，却没有带上我们其他人？” 加布里埃尔问道。

“我正在告诉你们。”她说，“我希望确保我的想法是可行的。”

“好吧，随便你。”加布里埃尔转了一下脖子，说道。

一张阿贡盗龙的图像出现在显示器上。

“我们在十号基地的挑战中已经知道阿贡盗龙个头非常大，它站起来足有四层楼高。但是这并不精确，因为这些照片都没有参照物，它也可能更小一些。”

“或者大得多。”派珀插嘴说道。

“是的，”卡莉回应说，“我们也知道，它对于明亮的光线非常敏感，因此不会在白天出来，只会在夜间活动，那是它捕猎的时间。”

“我们要找到这家伙睡觉的地方，偷偷去靠近它吗？”派珀问道。

“不，”卡莉回答说，“它们住在光线照不到的深穴里。我认为到那里去围堵它实在是太疯狂了，我们可能会被困住，它们可是食肉动物。”

“这么说我们要在夜间去抓它？”加布里埃尔问道，“那疯狂程度也差不多。”

显示器上的照片换成了一张很难看的小野兽图像，介于负鼠和海龟之间。它的表情很恶毒，尖尖的白脸，红红的眼睛，还有两排像针一样锋利的牙齿。它的身体上覆盖着一个圆形的外壳，下面是短而粗壮的腿，爪子上有着突出的倒钩。

“这太恶心了。”加布里埃尔说。

“这是阿贡盗龙的主要食物。”卡莉说，“它大小接近小浣熊。我叫它‘讨厌鬼’，因为它就是。”

显示器上出现了一段视频，这些小动物在草丛中蹦蹦跳跳。时间是晚上，来自探测器的一束明亮光线照亮了这个区域。那些讨厌鬼跑得很快，有几个好奇地走近探测器，闻了闻它的相机和长焦镜头。

“恶心。”派珀说。

“它们成群行动，而且速度很快。”卡莉解释说，“阿贡盗龙喜欢吃这些小怪物。”

在显示器上，一只四趾的巨爪令人恐怖地伸进画面中，抓起来一只讨厌鬼。讨厌鬼疯狂地扭动，但大爪子紧紧地抓着它，把它拉出了画面。下一幅图像是阿贡盗龙的一只爪子正在走过，它的脚趾非常长，以至于他们没有看到它的全部。怪兽径直向镜头前方走去，没有停留。它的长尾巴扫过相机，阿贡盗龙带着它的晚餐走远了。

“那就是阿贡盗龙。” 卡莉说。

其他人目瞪口呆地坐在那里。

“那……实在是太大了。”派珀轻轻地说。

“这是我的计划。”卡莉说，“达什、加布里埃尔和派珀下到行星的表面。我待在这里，监视这些动物的动向，告诉你们它们的位置。首要的事情是抓到尽可能多的小讨厌鬼，我们要用它们作为诱饵。到了晚上，你们就等阿贡盗龙来用餐。当怪兽靠得足够近的时候，达什用脉冲炮打它，把它打晕。”

“那我们怎么才能拔下牙齿呢？”加布里埃尔问道。

“我已经制作了一个设备。”克里斯说，这是他第一次发言。他举起一个不锈钢装置，上面有一根铰链和带着锋利尖齿的钳子：“把这东西套在阿贡盗龙的一个比较小的前齿上，把它在牙齿上固定好。之后你可以用绳子把它连在派珀的椅子上，椅子的动力足以把牙齿拔下来。”

“所以我是那个去拔牙的人？”派珀不太确定地问道。

“是的。”

“再说一遍，恶心。”派珀耸了耸肩，说道。

“那么你呢，天才？” 加布里埃尔问道，“你不跟我们去吗？”

“我在云豹号上更有价值。” 克里斯回答说。

“你意思是说，要是我们发生了什么事情，你就是那个能够去下一个星球的超级大脑？” 加布里埃尔说。

“完全正确。” 克里斯丝毫不带歉意地回答。

“好吧，我只是想认清形势。” 加布里埃尔说。

“你已经告诉菲利普斯指挥官这个计划了吗？”派珀问道。

“没有。” 达什回答说，“我们一进入轨道，就失去了跟地球的联系。”

“真的吗？”派珀惊讶地问道，“我们不能跟地球说话了？”

克里斯说：“我认为这个问题是 J-16 行星大气层的干扰造成的。”

“谁在乎呢！”加布里埃尔说，“每次我们跟那家伙说话，他给我们的总是坏消息。”

“还有问题吗？”卡莉问道。

“不能到下面的行星上去，你觉得还好吗？”派珀问道，“我是说，毕竟我们是为它而来的。”

“我也非常想看到恐龙，但我认为我在上面更有价值。所以，是的，我觉得很好。”

“还有五个行星要去呢。”达什说，“我们有足够的机会去探索。”

“我有一个问题，”加布里埃尔说，“我们该怎么捉到那些讨厌的啮齿类动物？”

卡莉在显示器上打开了一张手绘图，看上去像一个没有底的三角形，上面是一个大一些的长方形。

“这是一张很简单的图，但它应该能说明问题。”卡莉说，“想象一下，你正在从上面往下看。”

“这个三角形是一个斜槽，”达什说。“我们会用很轻的太空毯材料制造墙壁，”他指着长方形补充道，“并且用机房的材料来建造陷阱。我们把那些小讨厌鬼赶到斜槽里，迫使它们通过三角形的顶部进入陷阱。”

“然后期待哥斯拉出现，来找晚餐。”卡莉说。

“要是一头也没有出现怎么办？”加布里埃尔问道。

“那应该不是问题，”克里斯说，“更应该让人担心的是，来的不止一头。”

第二天，他们一整天都在为这项危险的任务做准备。加布里埃尔领头，发挥他的机械才能，用他从机房墙上拿到的轻材料网面板做出了一个大陷阱。蒸汽把缝隙焊接好。最后他们造出了一个方盒子，大概一辆小汽车大小。他们在其中一个面上开了一个可以摆动的入口，只要那些讨厌鬼进去就关上，防止它们逃出来。整个架子用铰链连接，所以能够折叠成一个平面，方便运输。

达什集中准备了他们需要的其他装备。除了脉冲炮，他还带了建造滑槽的工具，和一根很轻但坚韧的登山绳，用来拔出牙齿。他找到两卷四英尺宽的银色太空毯材料，本来是用于野外求生时搭建避难所的，但现在要拿来建造陷阱斜槽的墙壁。他还练习使用了克里斯的牙钳，确保自己知道究竟该怎么使用它。达什还带上了两支高亮度的手电筒。既然阿贡盗龙对光敏感，他得用这些手电筒帮他们更好地保住性命。

派珀装备了一个急救箱。她准备了额外的绷带和抗菌乳膏，以便众人在密集的丛林中被割伤时能得到及时治疗。她还打包了许多食物和水，足够他们在行星表面维持一两天。云豹号上的水果和蔬菜多得令人吃惊，足够队员们在太空中度过一年。它们装在专门设计的密封容器中，能够保持新鲜。

卡莉坐在图书馆的一台显示器前，在行星表面搜寻阿贡盗龙。她能够探测到行星表面上的生命活动，跟踪它们的移动情况。她无法判断那些动物是什么，但可以估计它们的大小。那些比较大的生命信号，生物也比较大。有好几个很大的生物在队员们即将着陆的地点附近游荡。

所有设备都被装进气垫船里。它是一艘圆形的露天四座飞船，依靠能量垫掠过地面，很像派珀的轮椅。气垫船随后被装进了云猫号的肚子里。

在进入行星轨道二十四小时之后，阿尔法队员们准备登陆，前往捕猎恐龙。他们的计划是在拂晓之前发射云猫号。这样队员们有一整天时间来建造陷阱，在日落之前捉到一些讨厌鬼，然后就是等待阿贡盗龙来了。

经过漫长一天的劳动之后，队员们聚集起来吃登陆前的最后一餐。ZRK 为每个人准备了他们最喜爱的食物，好像它们知道这是一顿特别的饭。

孩子们默默地吃着饭，脑子里都是第二天即将面对的危险。

“这是不对的。”派珀终于说。

“什么？”卡莉问道。

她飞起来离开桌子，冲出了杂乱的餐厅。

留下的其他三个孩子面面相觑，疑惑不解。

“她到底怎么了？”卡莉问道。

“她不喜欢这件事，对吧？” 加布里埃尔问道，“我不会跟没法应付这件事儿的人去那个有恐龙的地方。真见鬼，我甚至不知道我能不能对付它！”

“你能行的。”达什安慰他说，“要是出现了危险情况，我们先保护自己，另外再找办法。”

“真的吗？”加布里埃尔说，“在十号基地，那头阿贡盗龙全息图差点吃了你，还记得吗？这里的恐龙可是真的，它们可能越过那些丑陋的小讨厌鬼，直接冲向主菜——我们。”

“那我就打晕它，”达什充满信心地说，“我不担心。”

卡莉和加布里埃尔交换了一下眼神。

他们很担心。

达什站了起来，说：“我去看看派珀怎么样了。”

他向门口走去，但还没走到门口，门就滑开了，门外是派珀、蒸汽和克里斯。

派珀飘进了房间，克里斯和蒸汽站在外面。

“发生了什么事儿？” 达什疑惑不解地问。

“我也跟你们一样，不喜欢我们没有被告知全部实情。”派珀说，“但事情已经发生了，我们现在已经无可奈何了。”

“是的，然后呢？”加布里埃尔说。

“所以我只想完成这项工作，然后回家。要是我们想完成它，就需要每个人的帮助，不只是我们四个。我们飞船上有一个善意的天才，我不想接下来一年都在生气，装作他是我们的敌人。他需要我们，这也是为什么我们会在这里的原因。但我们也需要他，他是团队的一分子，所有队员应该在一起吃饭。”

达什、卡莉和加布里埃尔相互看了看，等着有人说点什么。

卡莉挪了挪椅子，在餐桌边腾出了地方。

“我们都没什么胃口。”她对克里斯说，“但至少坐在一起吃饭，能让我们感觉像正常的一家人。”

克里斯走了进来，慢慢地走到餐桌旁边，蒸汽紧跟在他身后。克里斯来到卡莉腾出来的那个位置，挨个儿看了每个人。

“谢谢你们。”他说，“我理解你们是怎么想我的，我不怪你们。但我想让你们知道，这个任务像我的生命一样重要。我会尽我所能确保它能够成功，安全地把你们送回家。”

“最好你能做到，”加布里埃尔说，“否则你的狗就归我了。”

第19章

J-16 行星在一颗恒星的照耀下，像地球一样气候温和。随着新一天的来临，明媚的阳光照亮云猫号即将登陆的那片山谷，也把阿贡盗龙赶回了它们的洞穴。而黑暗来临时，它们就会出来捕食猎物。

加布里埃尔坐在云猫号的驾驶位上，检查起飞前的清单，这时卡莉进来了。

“嗨，”加布里埃尔说，“为什么你不在图书馆搜索那些怪兽？”

“我想来祝你好运！”

“谢谢，你也是。”

卡莉看起来很心烦，就好像她想说点什么，又不确定是否应该说。

“有什么事儿？”加布里埃尔问道。

“我知道你不喜欢别人指挥你做事，”她谨慎地说，“但有时候最好要听。”

“好的，我正在听着。”

“不是听我的，”卡莉说，“是听达什的。”

加布里埃尔一僵，假装专注地看着他的显示器。

“他被任命为指挥官是有原因的。”卡莉说道。

“是啊！”加布里埃尔反唇相讥，“由菲利普斯任命的。但我不怎么吃他这一套。”

“我知道，但是达什很聪明。他一直在看资料，试图想出最好的方案。”

“就像告诉我怎么驾驶？”加布里埃尔不耐烦地问。

“嗯，是的。”卡莉充满信心地说，“而且他是对的。”

加布里埃尔很受伤地瞪了她一眼。

“你是个很棒的飞行员，”卡莉继续说，“我不希望除你之外的任何人来驾驶，不过，达什的工作是应对更大的情况。我说这些不是在吹捧他，下面的行星上充满了危险，我不想失去任何人。”

加布里埃尔看着卡莉的眼睛，明白了她是多么担心他。

“我听你的。”加布里埃尔说，“关于团队合作，还有所有这些。别担心，达什是头儿，但我仍然会有自己的看法。”

卡莉放松地笑了：“别想多了。”

“准备好起飞了吗？”派珀飞上甲板，轻快地说。

达什紧跟在她后面。

“准备就绪。”加布里埃尔宣布，“没有落下什么，但是有人得离开这里。”

“好运，伙计们，”卡莉说，“我会一直看着你们。”

她小跑着下了坡道，走出了云猫号，这时其他人坐进了他们的飞行座椅。

“关门。”加布里埃尔说着，拉起坡道，密封了云猫号。

“我们是安全的，所有人都就位了吗？” 他问道。

派珀和达什向他竖起了大拇指。

“关闭空气锁。” 加布里埃尔宣布。

嗖的一声，沉重的大门关闭了，把发射舱与云豹号其他部分隔离开来，队员们进入失重状态。

“开启发射门。”加布里埃尔宣布。

云豹号尾部的大门慢慢开启，显示出上方灿烂的星域，以及下方 J-16 弯曲的绿色轮廓。

加布里埃尔戴上他的飞行眼镜，大声说：“云猫号正在自动驾驶。下一站，侏罗纪公园。”

在图书馆里，卡莉、克里斯和蒸汽看着监视器上的实时画面，这是由架设在云猫号前端的一台相机拍摄的。他们就像跟其他成员一起飞行一样。

云猫号从甲板上缓缓升起，向前飘去。

达什回头看了看派珀，冲她竖起拇指，给她鼓劲儿。

派珀还给他一个紧张的微笑。

三人的心跳都非常快。

云猫号飘出了发射门，很快就脱离了母船。它向前飞了几秒钟，拉开了与母船之间的距离。

加布里埃尔宣布：“五秒钟之后点火，四，三，二，一，点火！”

随着主引擎的启动，云猫号向前飞射出去，发着绿光的

J-16 行星在他们面前变得更大了。

“啊哈哈哈！” 派珀兴奋地大叫着。

随着云猫号扎进大气层，它又弹跳起来。

加布里埃尔想控制住云猫号。他瞥了一眼达什。

达什皱着眉头说：“不用。”

加布里埃尔往回一坐，摘下了飞行眼镜，为了避免经受不住手动操控的诱惑。

几分钟之后，行星引力接管了他们，此时云猫号正在迅速向地面飞去。所有的眼睛都在看着眼前的窗口，那里能够看到目的地全景。他们正在一片广袤的蓝色海洋上飞行，这就很难判断高度了。

“海岸线就要到了。” 加布里埃尔宣布。

远方出现了一道蓝黑色长条。

“那里就是海岸。”加布里埃尔宣布，“还有五分钟着陆。”

他们冲过了海岸线，在一片密集的丛林上又飞了一分钟，到达了一个高大悬崖处，悬崖上是一片高高的树林。

“过了这片树林，我们就能看见那个山谷了。” 加布里埃尔宣布。

树冠层在迅速地变大，因为他们在迅速地下降。

“这儿真漂亮，” 加布里埃尔开口说道，“而且是完全天然的。”

云猫号现在飞得足够低，他们能够看到成群的鸟从树林里飞进飞出。

“我感觉我们已经回到了史前时代。”达什说道。

“还有两分钟着陆。” 加布里埃尔大声说，“就是那个山谷。”

在他们前方远处，树冠层消失了，让位给一个宽阔的、长满草的山谷，他们在探测器拍摄的镜头里看到过。

“正中目标。”加布里埃尔说。

云猫号自动靠向左边，进入山谷，调整姿态准备着陆。他们现在的位置足够低了，山谷两旁的高山在他们两侧迅速升起。导航程序工作得非常完美。简直是太完美了。

“喔，看那里！”加布里埃尔叫了起来，身子向前倾着。

“我看到它了，”卡莉的声音通过扬声器传来，“它跟视频里不一样。”

在山谷地面上，散布着一些高高的、粗壮的棕榈树。

“它们一定是在探测器来过之后长起来的。”达什说道。

“是啊，嗯，计算机并不知道这一点。”加布里埃尔紧张地说，“我们快要撞上它们了。”他正要伸手去拿控制板，这时他看了一眼达什。

达什也伸手拿到了他的飞行眼镜，正要戴上，又停下了，看了一眼加布里埃尔。

他们的眼神相遇了。

达什把手缩了回来，指示说：“你来接管。”

加布里埃尔不需要他说第二次，迅速戴上眼镜，把手放在了控制板上。

“进入人工控制飞行模式。”他大声说。

他们正在直接向最大的树冲去。

加布里埃尔迅速而专业地让云猫号来了一个向右急转弯，刚好躲过了那棵就要撞毁他们的树。

"耶！"派珀大叫着。

"我搞定了。"加布里埃尔平静地说。

云猫号立即升高，上升到棕榈树之上。

"我看到一个切入口。"加布里埃尔宣布，"小心，我要踩刹车。"

惊险地闪过一棵笔直的棕榈树，前方出现了一片干净的草地。更前方是更多的树。

加布里埃尔踩下了空气制动器。减速实在太快了，他们三个人都在座位上向前倾。加布里埃尔集中精力，打开了减速推进器，让云猫号迅速下降。

"抓紧了，这可能是非常粗暴的……"

云猫号撞击到地面，像是要散架了一样。

"着陆。"加布里埃尔说，"手动模式关闭。导航关闭。系统休眠。准备战斗，准备重新启动。"

他看向达什和派珀，补充说："我们到了。"

达什和派珀鼓起掌来。达什倾身过来跟他击拳庆祝，加布里埃尔回应了他。

"现在这是一次正式的飞行了。"达什大声说。

加布里埃尔笑了。

"这也告诉我们一些事情。"卡莉在无线电另一头说。

"你的意思是我驾驶得比计算机还好？"加布里埃尔得意地说。

"是的，没错。"卡莉回答说，"而且我们不能完全依赖探测器发回来的信息。"

卡莉又说："探测器是四年前登陆的，在那之后可能发生了很多变化。”

“让我们出去看看吧！”达什说道。

三个人解开安全带，派珀滑进了她的悬浮座椅。他们准备出发，等着舱门放下来，变成坡道。

“我们即将登上一颗外星球。”达什说，“除了月球，人类以前还没有这样做过。”

“我们应该想一些具有历史性的话。”派珀提议说。

“哎呀，不要有太大的压力。”加布里埃尔说。

达什打开开关，随着一阵持续的嗡嗡声，坡道降下来了，伸到云猫号外面的草地上。

“你是队长，”加布里埃尔说，“我们在你后面。”

达什小心地走下坡道，在底端停了下来。他回头看着另外两个人，他们冲他点头鼓励着。达什紧张地深深吸了一口气，踏上了 J-16 行星柔软的草地。

“这可能是一个人的一小步，”达什说，“但对于努力拯救地球的一群孩子来说，是一次了不起的漫长征程。”

派珀咯咯地笑了。

加布里埃尔拍着手说：“说得不错。我不会把这句话刻在你的雕像上，但是说得不错。”

达什离开云猫号更远一点儿，第一次好好地打量着 J-16 行星。

“哇……”这是他能说出来的全部的话。

这个山谷绿油油的，就像他们在传输信号里看到的那样。但跟几年前记录并传回的信息不太一样的是，真实的色彩如此生动，冲击着见到它们的每一个人。草丛及膝，在和煦的微风中轻轻摆动。在一刻前还是危险障碍的棕榈树，现在高耸在他们跟前，黄色和红色的花朵就像瀑布一样倾泻而下。山谷两侧的高山被茂密的绿色覆盖，装点着一些壮观的瀑布，发出持续而遥远的轰鸣声。头顶是万里无云的深蓝色天空，只有偶尔飞过的鸟群才会打破这份平静。

身后一英里，是他们刚刚飞过的茂密的热带雨林，相比于阳光沐浴之下的山谷，它看起来像是黑暗的不祥之地。

“这里就像是天堂。” 派珀轻轻地说。她刚刚飞到了达什的身边。

“我们刚好来对地方了。”加布里埃尔补充说，“看那里。”

他指向右侧，那里有一个无人探测器安静地站着，在它银色的腿上已经长满了藤蔓，在上边像盒子一样放置相机的部分，藤蔓已经纠缠在了一起。

达什的腕带电脑上出现了卡莉的图像。

“你们最好开始组装陷阱，”她说，“还要带上你们的胸前相机。”

他们之前决定让达什带上相机，把画面和声音实时传回云豹号上。

“好吧，让我们开始工作。”达什大声说。

第一项工作是要把气垫船从云猫号里拿出来。这是一个简单的过程，加布里埃尔从云猫号内部打开固定设备，达什控制着气垫船。

当他们工作时，派珀出发侦察，寻找一个设置陷阱的好地点。她差不多已经飞出三十码，听到在高高的草丛里有什么东西迅速跑过，她停下来，张望了一下，但是没有看到什么。她继续往前，看到右侧草丛飞快地晃动着，一阵沙沙响声从左侧传来，然后又是一阵，又是一阵……她周围的草丛都沸腾似的剧烈晃动起来。派珀的心跳加快了，她把悬浮座椅掉过头来，向云猫号方向飞回去。这时候，椅子下方震动了一下，震动是如此剧烈，以致她差点掉了下去。袭击还在继续，她不得不努力保持平衡。

“啊！”她害怕地喊道，“救命！”

达什和加布里埃尔跑了过来，他们高抬着膝盖，以便迅速冲过高高的草丛。他们到达的时候，袭击已经结束了。

“怎么了？”达什问道。

“草丛里有东西，”派珀上气不接下气地说，“它们要把我从椅子里面给撞出来。还有……”

“啊噢！”加布里埃尔大叫了一声，“有什么东西在咬我的脚踝。”

“哟，哟，”达什喊道，“我也是！下面是什么东西？”

达什脚边的草丛晃动了一下，他看到一道黑影从他的脚边跑过，立即踩上去。

“我抓到它了！”达什喊道。

他没有多想，俯身把那东西抓了起来举到了眼前……

“这就是讨厌鬼！”派珀大声说道。

那东西的鼻子离达什的鼻子只有几英寸，它张着嘴巴，嘶嘶叫着，用红红的眼珠盯着他。

“哎呀！”达什大喊一声，把那玩意儿扔掉了。

它摔到地上，尖叫着跑开了。

"到处都是！"派珀喊道。

"回云猫号！"加布里埃尔叫了一声，拔腿就往回跑。

派珀紧跟在他后面，其次是达什。他们周围的草丛都摇晃起来，那些生物围了上来。

"这地方被传染了！"加布里埃尔叫喊着。

他们跑回气垫船停着的地方，一头钻了进去。派珀冲了进去，把悬浮座椅降落在甲板上。

"滚开！"她朝着那些讨厌鬼大声喊道，同时按了一下她控制板上的警报蜂鸣器，响亮的电子号角响了。这是一个让其他人知道她正在飞过的简单装置，但是这声音对于那些讨厌鬼有着非常戏剧化的效果。那些生物吃惊地尖叫着，然后跳到半空中，就像玉米粒儿一样摔到了草丛上。

"这是怎么回事？"加布里埃尔大声喊着，试图平复呼吸。

"再来一次！"达什命令说。

派珀再次按下蜂鸣器，那些生物穿过草丛，四散逃走了。

"呀，"派珀说，"它们的听觉真敏感。"

"我会很乐意拿这些小讨厌鬼去喂恐龙的。"加布里埃尔说。

他们的气垫船外表看起来就像游乐场的漂流球。它是圆的，没有房顶也没有门，要从齐腰高处的梯子爬上去才能进入。里面有三个座位，还有一个供派珀放悬浮座椅的地方。

"发生了什么事儿？"卡莉通过腕带电脑问，"有麻烦吗？"

加布里埃尔说："没，只是认识一下当地居民。"

"再说一遍？"卡莉疑惑地问道。

"一切都很好。"达什说，"我们现在要开始搭建陷阱啦。"

派珀打开她的急救包，用抗菌乳膏处理了男孩们腿上的咬伤，然后缠上了绷带。做完之后，下一个任务就是寻找他们能够用来搭建陷阱斜槽的木头。加布里埃尔驾驶着气垫船飞过草地，来到他们来时路上飞过的一片密林上空。

“在那里长着很多树。”达什说道，“我们会在那里找到我们所需要的东西。”

当他们飞进丛林到了树冠之下，温度突然下降了十摄氏度，湿度也大幅度上升。

“这下面就像是一个完全不同的生态系统。”派珀说道。

他们身边巨大的树木有几百英尺高，枝叶形成了一个致密的天花板，挡住了大部分光线。在杂乱的树枝上筑巢的鸟发出了尖叫，鸽哨声和咕咕的鸟鸣声形成了持续不断的交响曲。到处都是浓密的植被，或是从地上长起来，或是从上面垂下来，所有的一切都在滴着水。

“停住！”达什叫道。

加布里埃尔停住了气垫船。达什从工具包里抓过一把斧头，靠在一边，勾住了一棵小树。他飞快地砍了几下，就拉进来一根五英尺长的树枝。

“我们还需要十几根这样的树枝来搭建斜槽。”他说道。

加布里埃尔驾驶气垫船寻找新的原料，达什伸出手去把它们拽进来，派珀用一把工作刀砍掉小的枝杈，把末端削尖。仅仅三小时之后，他们就拿到了他们想要的东西——十二根又长又直的杆子。

“现在做什么？”加布里埃尔问道。

“开始搭陷阱。”达什说。

加布里埃尔驾驶气垫船从树冠下出来，向云猫号飞去。

“我们往山谷更深处去，”达什说，“不能在云猫号附近建陷阱。”

他们越过了航天飞机，加速向山谷深处进发。

“这里怎么样？”当他们越过一棵笔直地守卫着一片开阔地的棕榈树时，加布里埃尔问道。

“好极了。”达什说。

加布里埃尔打开夹锁，把折叠的钢笼放到地面上，组装陷阱的任务开始了。达什和加布里埃尔竖起了笼子，打开汽车大小的陷阱，把它和舱口放在地面上。

派珀安装斜槽用的杆子。她从舱口开始，在软土地面上敲进一根杆子，然后在离笼子五码的地方再竖起两根杆子。她不断重复这个过程，用剩下的那些杆子制造出了卡莉设计的三角形框架。达什和加布里埃尔接着打开银色轻质太空毯材料，把它在杆子之间拉开，在陷阱的两侧形成两道墙。派珀用射钉枪把这种薄薄的材料固定在杆子上。

在烈日下工作一两个小时之后，陷阱就完成了，他们已经建造了银色的通道和五英尺高的墙，直接通往舱口和陷阱。

“现在是围猎的时间了。”加布里埃尔说道。

“自从把那些讨厌鬼吓走之后，我再也没有见到过一只呢。”派珀说道。

“我们需要诱饵。”达什抬起胳膊，对他的腕带电脑说，“卡莉，那些讨厌鬼吃什么？”

“稍等。”卡莉说道。几分钟后她回来了，对他们说：“根和蔬菜。”

“还有脚踝。”加布里埃尔说。

“那好吧，”达什对其他人说，“让我们做一道沙拉。”

他们搭乘气垫船飞回到云猫号，抓了一些苹果、桃子和香蕉，这是派珀带来让他们在 J-16 行星上的时候吃的。他们又回到陷阱那里，把这些水果放在笼子里面。

“现在做什么呢？”达什问道。

“我们应该离开这里，让它们找到诱饵。”派珀建议说，“过一两个小时再回来。”

“在这段时间里，我们干什么呢？”加布里埃尔问道。

达什扫视了一下这个外星环境：“我不知道你们怎么想，但我从来没有去过别的星球，我要四处去看看。”

“太令人激动了！”加布里埃尔大声说。他驾驶气垫船向山谷深处飞去，更加靠近面前高高耸立的悬崖的底部。清凉的雾气虽然不向他们飘来，但带走了午后恶毒的热浪。

“快看那里！”派珀叫道。

加布里埃尔放慢气垫船的速度，停在岩石表面上的一个巨大的竖直裂缝跟前。

“那是个山洞。”加布里埃尔说。

达什抬起腕带电脑，说道：“卡莉，扫描我们周围的地区，这里有可能出现阿贡盗龙的生命痕迹吗？”

“正在查找。”卡莉说道。她几秒钟后就回来了：“是的！那里有一个巨大的生命信号，就来自你们正西边一个点上。快离开那里！”

"它就在那里，"达什说，"快走！"

加布里埃尔敲了一下按钮，气垫船起飞了。

"我简直不敢相信我没有带脉冲炮！"达什说。

"没关系，"加布里埃尔说，"那些坏蛋不到夜幕降临不会出来。"

加布里埃尔沿着原路返回那片热带雨林，飞了进去。他们再一次经历了从光明到黑暗，从炎热到凉爽的突然变化。

"这里真神奇。"派珀说。

"我从没想过我会见到这样的事情，" 加布里埃尔敬畏地说，"特别是在宇宙的另一边——"

"当心！"达什尖叫了起来。

加布里埃尔本能地猛转气垫船，他们差点儿撞上一块巨大的、长满苔藓的岩石——

它还在动。

"噢！"加布里埃尔惊呼着赶紧驾船后退。

那块"石头"居然是活的，它有二十英尺高，脑袋像熊一样，粗壮的前肢上覆盖着青苔，苔藓下面是灰色的皮毛和爬虫类皮肤。它用两条后腿站立起来，双臂伸向天空。

"它在伸懒腰。"派珀说。

那个生物就像晒完太阳的狗一样摇了摇，然后向地面看去。

"噢，我的天哪……"派珀喘着气说。

在它脚下还有两只同样的苔藓动物，有三英尺高。它们纠缠在一起，打闹吼叫着。

"它是一位母亲。"派珀惊呼道。

那只母兽把巨大的爪子伸到头顶的一根树枝上，摘下一束红彤彤的果实。它轻轻地把食物拿下来，亲切地扔在孩子们跟前。两个饥饿的孩子抓着果实，整个儿吞了下去。母亲伸手去够更多，但树枝上已经空了。

“它们饿了。”派珀说。

她抓起盛着水果的塑料篮子，启动悬浮轮椅飞出了气垫船。

“哦！”达什喊道，“别！”

达什和加布里埃尔恐惧地看着派珀慢慢飞近那个“苔藓家庭”。

“嘿，来吧，”派珀喊道，“我有些东西要给你们。”

那只母兽凝视着派珀，双臂环抱，保护着它的孩子们。

“说真的，派珀，”达什喊道，“别再靠近了！”

派珀扔了几个苹果给那些生物，然后又飞回气垫船。

“你真固执。”加布里埃尔说。

“趁我们还在这里，为什么不交个朋友呢？”派珀说。

那只母兽低头看着苹果，笨拙地往前走了几步，它沉重的步伐令地面颤抖起来。

“准备好冲出这里。”达什悄悄地对加布里埃尔说。

“我的手在阀门上。”加布里埃尔回答说。

母兽捡起一个苹果，举到鼻子处，使劲地嗅了嗅。

它满意了，把苹果放下递给了孩子们。较大的那个拿到了苹果，立即吃了起来，还发出了满意的吱吱声。

“我就猜它会喜欢苹果的。”派珀咯咯地笑着说。

母兽把其他苹果也拿到孩子们跟前，孩子们狼吞虎咽地吃掉了。母兽把最后一个苹果留给了自己。它把苹果放进嘴里吃掉了，发出一声满意的嚎叫……还有一声震动树林的饱嗝。

“呃，好恶心。”派珀说。

“在某些文化中，那是一种赞美。”加布里埃尔大笑着说。

“我想你刚交上了一位外星朋友，派珀。”达什说，“不过我们别再碰运气了。”

加布里埃尔启动气垫船，从苔藓兽旁边飞走了。

从它们身旁经过时，派珀挥手致意。

“真是太令人惊奇了。”她说。

“是啊。”达什点头同意。

加布里埃尔驾船飞进雨林更深处，现在他们开始担心有其他野兽跳出来给他们“惊喜”。

“前面有光,”加布里埃尔宣布,“我们来到山谷另一边啦！”

他们从树林中出来，看到面前另一条峡谷中令人震惊的景象。

“停！”达什喊道。

加布里埃尔立即放慢速度，停在离悬崖边缘不到二十码的地方，他们是一路沿着这道悬崖飞过来的。

景象十分壮观。他们能够看到郁郁葱葱的山峦绵延好几英里，一路铺展到遥远的海边。

“那下面还有更多恐龙。”派珀说。

一些灰色斑点在植被中缓慢地向远方移动。有些长着长长的像蛇一样的脖子，另一些矮胖如犀牛。一群翅膀延展达十英尺的红色的鸟从近处飞过，以至三人都能感觉到它们拍打翅膀产生的微风。

“我想知道地球是不是也曾经这样。”派珀说。

“这里真完美，”加布里埃尔说，“除了没有麦当劳。”

他们默默地坐着，欣赏壮丽的风景。此前还没有地球人看到过这些，也许今后永远也不会有人再看到。

“我们最好回去检查陷阱。”达什最后说。

他们原路穿过雨林返回，当他们再次进入阳光时，加布里埃尔加快速度，直接到了陷阱所在地。

“什么也没有。”达什的目光穿过丝网，看到了没有被动过的水果。

“我猜它们不像看起来那么笨。”加布里埃尔说。

派珀抬头看了看天空，看见太阳逐渐接近遥远的山顶。

“我们没有多少时间了。”她说。

达什向山谷里望去。

“它们就在那儿，”他说，“我看到草在摇动了。”

“那我们怎么把它们引到这里来？”加布里埃尔问道。

“我有个主意。”派珀大声说。

五分钟后，达什和加布里埃尔坐在气垫船里，离斜槽入口右侧五十码。派珀坐在悬浮轮椅上，在另一方向五十码处。达什朝她挥了挥手，派珀挥手回应。达什按下一个按钮，触发了高音警报器，派珀也对她的悬浮轮椅做了同样的动作。两组队员缓慢地彼此靠近。

他们之间的草地沸腾起来，数以百计的讨厌鬼疯狂地跳跃着。警报器的声音让它们抓狂……也快把它们赶走了。

“抓住这些小家伙！”加布里埃尔喊道，“哈哈哈！”

“起作用了！”派珀大声叫道。

加布里埃尔和派珀仔细地操纵气垫船和椅子，逐渐靠近，驱赶着讨厌鬼，迫使它们朝斜槽入口而去。加布里埃尔快速地前前后后移动，尽可能地防止它们跑掉。派珀也在做同样的事情。有许多讨厌鬼逃窜了，但还有很多在试图逃离恐怖声音时撞进了银色的斜槽。

气垫船和悬浮轮椅彼此靠近。斜槽内的草丛里满是疯狂的讨厌鬼，它们无处可去，只能通过舱口进入笼子。很快，陷阱的金属墙壁就沙沙作响了。

“我们抓到它们了！”派珀大声说。

达什跳下气垫船，向陷阱跑去。讨厌鬼们撞在他的脚上，但他熟视无睹地冲到斜槽那里，用力关上了舱门，胜利地举起了双臂。加布里埃尔和派珀关掉他们的警报器。响亮的警报声消失了，换成了生气的讨厌鬼们在笼子里嘈杂的扑腾声。

“陷阱完成了。”派珀宣布。

加布里埃尔指向遥远的山峦说：“时间还剩不到一分钟。”

太阳从山岭上落下来，山谷笼罩在了阴影之中。

阿贡盗龙马上就要来了。

第20章

队员们回到云猫号上，吃了东西后开始为主要任务做准备。牙钳固定在气垫船里，放在长长的登山绳旁边。两支高亮度的手电筒放在甲板上，需要的时候就能拿起来。最重要的是，达什准备好了脉冲炮。它是一个长长的、银色的双孔装置，后面有金属的半圆环，能够架在肩膀上。

“你确定你知道如何用那玩意儿吧，伙计？”加布里埃尔问道。

“没问题，”达什向他保证，“它后坐力挺大，但我想你得用非比寻常的力量才能击倒那么大一个家伙。”

“一定要打准。”加布里埃尔说。

黑暗不知不觉就降临了，在山谷中他们的唯一光源是天上闪烁的亿万群星。

三个人登上气垫船，飞进山谷。加布里埃尔把气垫船降落在离陷阱入口五十码处。停好之后他们就熄火，下船，然后是等待。

以及更久的等待。

过不了一会儿，加布里埃尔就会敲一下气垫船上的警报喇叭。尖厉的声音会唤醒陷阱里的讨厌鬼，它们会颤抖尖叫十分钟，然后再次安静下来。这样做是为了让附近的阿贡盗龙知道，大餐已备好。

“你觉得那些星星里的其中一颗是我们的太阳吗？”派珀仰头看着天空问道。

“可能吧。”达什说。

“是那颗，”加布里埃尔说，“或者可能是那颗。不，等等，我打赌是那颗。或者也可能是那亿万颗星中的任何一个。”

“让你觉得它很渺小，是不是？”派珀沉思着说。

“不渺小，”达什说，“更像是……骄傲。那里其中一颗星是太阳，它旁边有我们的家，我们正在努力拯救自己的家。没有几个人能说出这样的话。”

“准确地说是四个人，”加布里埃尔说，“要是算上克里斯老兄那就是五个人。”

“算上他，”派珀说，“要是没有他，我们不会在这里。”

“不知道这是个好事还是坏事。”加布里埃尔带着一丝嘲笑说。

“这是好事，”达什肯定地说，“我们都知道自己想参与。”

“是啊，但我们没料到要在漆黑的野外狩猎恐龙。”加布里埃尔说道。

“说实话，”达什说，“如果我们事先就知道关于恐龙的事儿以及我们要完成的所有任务和面对的危险，我们还会志愿前来吗？”

加布里埃尔正要回答，却又停了下来，陷入严肃的思考。

派珀说：“可能我是怪人，不过我认为那样会让情况变得更好。今天那只苔藓母兽才是令人难以置信的。”

加布里埃尔最后说：“好吧，我还会在这里。但是如果早上再问我一遍，可能我会有不一样的看法。”

“醒醒，伙计们。”卡莉的声音在腕带电脑中响了起来，听起来她很激动。

“我们在这里，”达什回答，“怎么了？”

“我监测到一个强烈的生命信号，”她回答说，“它在山谷比较深的地方，而且正在移动。”

三个人完全清醒了。

“还有别的吗？”达什问道。

“没，那是二十英里范围内唯一的一个。我不能保证它是阿贡盗龙，但不管它是什么，个头都很大，我的意思是，真的很大。而且它正朝你们而去。”

“那么，我们就此开始吧。”加布里埃尔说道。

达什抓起脉冲炮固定在肩膀上，双肘支在气垫船的外边缘。

“拿起手电筒，”达什指示说，“当我告诉你们的时候，打开它们，照射阿贡盗龙的眼睛，那会让它迷惑，我就有机会了。”

“我们离陷阱够近吗？”派珀问道。

“我不知道，”达什回答说，“安全点儿总比笨死好。我不想被压扁。”

“你也不要打不准。”加布里埃尔严肃地说。

他们静静地等待着，寻找麻烦即将到来的任何轻微迹象。

什么都没有。

“可能那是一片雷雨云，”派珀解释说，“它可能朝这边飘过来，又……”

气垫船震动了一下。非常轻微，但它真的震动了。

“你感觉到了吗？”加布里埃尔问。

“没，”派珀回答，“是什么？”

几分钟后，气垫船又震动起来。

“我感觉到了。”达什紧张地宣布。

气垫船在颤抖，颤抖短暂而迅速，但是真实的。

达什说：“它要么是微型地震——”

“要么是脚步带来的。”加布里埃尔说，他很难隐藏声音里的紧张。

达什在脉冲炮后面镇定下来，看了看双炮筒。

“看不到什么，”他说，“准备好那两把手电筒。”

地面震颤得强烈了好多倍。

“不管是什么，”派珀说，“它越来越近了。”

讨厌鬼们开始尖叫。

“我听到它了，”加布里埃尔大声说，他眯着眼睛，集中注意力看着，“它正在穿过草丛……”

他们听到一声爆裂声，接着是尖厉的碰撞声。

“和树林。”达什说，“它正在摧毁任何挡住去路的东西。”

这次震动来得快得多，听起来也更加剧烈了。

“它一定是听到那些讨厌鬼了，”派珀说，“它想要进食。”

“来吃吧，掠食者，”加布里埃尔诱骗道，“我们准备了大餐给你，还有一个大大的惊喜。”

接来又有好几次震动。

“我的心在狂跳。”派珀轻轻地、紧张地说道。

“我想我看到它了，”达什宣布，“或者我能看到它挡住了哪里的星星。伙计，个头儿真大。”

“紧张起来，兄弟，”加布里埃尔说，“可别打偏了。”

又两次地动山摇的震动摇晃着气垫船，然后就什么都没有了，一切都安静了。唯一的声音来自尖叫的讨厌鬼们。

他们三个屏住呼吸，等待，直到一个新的声音出现了。

“那是什么？”派珀低声说，“它听起来像是……风。”

他们仔细地听着，试图辨认出来是什么。

“哦，天啊，”加布里埃尔最后说道，声音只比窃窃私语大一点儿，“我们听到的是它的呼吸声。”

夜晚的宁静突然被金属扭曲声和讨厌鬼们疯狂的尖叫声粉碎了。

“它在撕扯陷阱！”派珀大声说，“它就在那里！”

“打开手电！”达什喊道。

派珀和加布里埃尔扭亮高功率手电筒，朝那剧烈的声音来处照去。当光束照到目标的时候……

派珀尖叫起来。

加布里埃尔也是。

“噢，天啊。”达什惊呼起来，吓呆了。

阿贡盗龙就在他们跟前。它的大小是在十号基地看到的全息图的三倍，站起来的高度是一百五十英尺。它带爪子的前脚掌大得跟气垫船一样。那头怪兽立在带银色斜槽的金属笼子前，用巨大的爪子摇晃着它。

达什无法呼吸了，目击巨兽使他重陷恐怖的回忆……

汗水从他额头滚下来，滴进眼睛里。

“照它的脸！”他说着，喘不过气来。

派珀和加布里埃尔不得不双手握住巨大的手电筒才能稳住，使光束照射到怪兽的眼睛上。怪兽发出令人毛骨悚然的尖叫声，好像被激光击中了一样。它立即放开陷阱，举起带爪子的前掌来保护眼睛。笼子摔在地上，破裂开来，讨厌鬼们四散逃窜。

“打它！”加布里埃尔大叫道。

达什僵住了，巨兽带来的视觉冲击远远超过了他所能承受的极限。他绝望地擦掉眼前的汗水，试图将炮口对准。

“来吧，达什。”派珀冷静地说。

达什的双手颤抖着，他害怕自己无法把脉冲炮拿稳从而无法打准。

那头怪兽嚎叫着，把注意力集中到了令其痛苦的根源——气垫船上。

它放低姿态，充满威胁地接近了队员们，而且发出了令人惊惧的叫声，让他们心肝直颤。

达什能感觉到怪兽吹到他脸上的滚烫呼吸，这让他无法动弹。

“你能射击，达什。”派珀说道，她冷静得出奇。

那头怪兽再次站起来，张开鸟喙一样的尖嘴，露出了几排尖利的牙齿。它咆哮着，仿佛正在从痛苦中汲取力量，集中注意力到气垫船上……

然后它行动了。

当它的脚踏到地面上的时候，冲击力如此强烈地震动着世界，气垫船都弹跳起来了。

“达什，”加布里埃尔尖叫着，“干掉这浑蛋！”

看到巨兽朝他们冲过来，达什回到了现实，头脑也清醒了。他低头看着银色脉冲炮的长炮筒，将它对准了巨兽的脑袋。

他只有一次攻击机会。

“开炮！”派珀尖叫起来。

“晚安。”说着，达什扣动了扳机。

砰的一声，强大的装备反推着达什，把他推回气垫船中间。

从炮筒中喷发出的能量闪耀夜空，击中了他的目标。怪兽的脚步止住了，整个身体都被扭曲了，仿佛试图逃离这种奇异的、来自黑暗之中的攻击。太晚了。阿贡盗龙仍然站着，但已经全无意识了。它摇摇晃晃，然后轰然倒地。

“倒啦！”加布里埃尔大喊道。

怪兽惊雷一般砸在了地上，气垫船弹跳起来，差点翻倒。怪兽的脑袋躺在离他们不到二十码远的地方。

“呃，”加布里埃尔对达什说，“你是觉得你可以在更近一些的地方打倒它吗？”

“对不起，”达什说，“我没料到它是如此……如此……”

“可怕？”派珀问道。

“形容得好。”达什回答说。

三个人盯着倒下的怪兽，他们通过手中的光束打量着它的脑袋。

“幸好它没有倒在我们身上。”派珀说。

达什扔下脉冲炮，向金属钳子和绳子走去。

“让我们在它醒来之前把事情办完。”

他跳到另一边，后面紧跟着加布里埃尔，他还在用手电筒光束照着怪兽。用以恐吓怪兽的刺眼灯光现在已经成为工作灯光。

达什跑向它的头部，但在几英尺远的地方停了下来，心有余悸地盯着那令人畏惧的庞然大物。它侧躺在那里，脑袋比达什和加布里埃尔还高好几英尺。怪兽的皮肤上是大量灰绿的黏滑鳞甲。它的呼吸很稳定，但很吃力，这提醒他们，这只怪兽并不是死了，只是昏倒了。

“这真稀奇。”达什惊异地说。

“是啊，不过要是它醒来，我们就变成早餐了。”加布里埃尔说，“请问我们能快点干活吗？”

达什挨着它的嘴巴跪下，伸手抓住它嘴唇上的一块皮肤。

“这真令人恶心。”他说。

当他把它沉重的嘴唇从牙床上抬起来的时候，听到了吧嗒声。黏湿的唾液无处不在，产生的吸力使它的嘴唇很难被分开。

“来搭把手。”达什说。

“我必须来吗？”加布里埃尔一边说着，一边抓起怪兽嘴唇，把它抬高，露出了长长一排巨大的能致命的牙齿。

“拿走你选中的，”加布里埃尔说，“干得快一点儿。”

达什开始用牙钳工作。他发现一颗上牙有足够的空间可以在两侧插入钳子，便松开金属支架，把它夹在那颗尖利的牙齿上，再拧紧那个装备，使劲拽了两下试了试。他很满意，牙钳不会松开。

“真是疯了。”加布里埃尔说，“在宇宙另一边当恐龙牙医，我以后要写这么一本书。”

达什迅速拿起登山绳，把它穿过钳子上的孔，拴紧了。他拽了两下，确保牢固。

“轮到我了吗？”派珀一边问，一边操纵悬浮座椅背向他们。

达什拉了二十码长的线，另一端打结系在悬浮座椅背上。他把其余的绳子盘在了钩子上。

“就这样了。”他宣布，“后退大约一半，然后加速获得力量。那时候绳子绷紧，应该有足够的力量拔下牙齿。”

“你觉得那会弄疼它吗？”派珀问道。

“谁在乎呢？”加布里埃尔大声说。

“它还有一两百颗牙齿呢，”达什说，“它不会想念这颗的。”

达什引导着悬浮座椅后退，让绳子松弛下来。

“很好，”他说，“准备好了吗？”

派珀点了点头。

达什退后和加布里埃尔站在一起，后者还拿着手电筒照着那怪兽的嘴巴。

“好了，”达什喊道，“随时都可以行动。”

派珀深吸了一口气，她一只手抓住椅子的一侧以保持平衡，另一只手放在了操纵杆上。

“我们开始吧。”她大声说，“三，二，一！”

她按下开关，悬浮座椅向前冲去。

绳子绷紧了，悬浮座椅呻吟着，牙齿没动。

怪兽的眼睛猛然睁开了。

派珀全力加速，但她被困住了，被拴在一颗牙上哪里也去不了，而且那头怪兽一点儿也不喜欢这件事。

“它醒了！”加布里埃尔喊道，“切断绳子！”

达什跑向悬浮座椅，摸索着从腰带上拿下工具刀。

太晚了。

那怪兽猛然抬头，随着这个动作，悬浮座椅被猛地拉动。突如其来的拉力使派珀翻转而出，头朝下摔到了下方的草丛里。

“派珀！”达什叫道。

“怎么回事儿？”卡莉的声音通过加布里埃尔的腕带电脑传出来，“发生了什么？”

无人回答。他们被恐惧攫住，眼睁睁地看着那头怪兽站了起来。绳子带着无用的悬浮座椅在它嘴巴下方摇荡。

它受了伤，它很生气。它要报复。

第21章

“发生了什么事儿？”卡莉大喊道。

她坐在图书馆里的显示器旁，都要发疯了。屏幕上是从达什胸前的摄像头上发来的一堆令人困惑的图像：一条胳膊，一束草，来自高强光手电筒的一道强光，派珀惊恐的脸，气垫船，然后是巨型爬行动物的一只脚砸了下来。

克里斯和蒸汽，从她肩膀上方看着屏幕。火箭坐在他们脚下，不安地呜咽着。

“悬浮座椅没有拔出那颗牙齿的力量，”克里斯以令人吃惊的平静语气说，“那是我的失误。我应该推荐使用气垫船。”

“他们正在逃命！”卡莉惊恐不安地喊道，“我们必须做点儿什么。”

“同意。”克里斯说着快步朝管道跑去。

“你去哪儿？”卡莉喊道。

克里斯快速输入目的地，跳了进去。

“克里斯！”

"气垫船点火！"达什喊道。

加布里埃尔朝气垫船退去，手里的手电筒继续照着那头阿贡盗龙。

恐龙实在太生气了，根本不在意光束了，现在这光束只不过是在它脑袋上嗡嗡叫的令人讨厌的蚊子而已。它拉扯着在它牙齿上吊着的悬浮座椅。剩余的绳子被释放出来，椅子被吊着的位置接近地面，在恐龙脚边弹跳着。

达什跑向派珀，跪倒在她的身旁。

"你受伤了吗？"他问道。

"我想没有。"她有些茫然地回答。

达什把她抱起来，回头看了看正在朝他们冲过来的阿贡盗龙。

"你可别绊倒了。"派珀说话时出奇的冷静。

达什开始跑起来，冲向他们的气垫船。

那头阿贡盗龙紧随在他们身后。

加布里埃尔已经到了船上，发动起来。

"快跑！"他大叫着。

达什成功地跑到船边，把派珀递给加布里埃尔。加布里埃尔把她放到座椅上，将手电筒递给她。

"总比什么都不做要好点儿。"他说。

派珀用手电筒的光射向奔袭而来的那头怪兽。

可这根本不能减缓它冲过来的速度。

"走！"达什一边爬上船一边大喊。

加布里埃尔没等他完全就位，就驾驶气垫船离开了草地，快速地来了个一百八十度旋转，猛踩油门。圆形的机器飞起来，快速地在山谷底部飞行，达什摔倒在船内。

“我需要光线！”加布里埃尔喊道，“我看不见去向！”

派珀转过身，把手电筒照向前方——正好照亮了挡在他们路线上的一棵棕榈树。

“哎哟！”加布里埃尔大叫着，使劲左转，这才避过一场灾难。

达什拿起那长长的银色脉冲炮，固定在肩膀上。

“干掉它！”加布里埃尔叫道。

达什开了一炮，但没能打中。

“再来一发！”派珀喊道。

达什再次开炮的同时，加布里埃尔不得不再次躲过一颗棕榈树，这下又让达什错过了目标，又一炮打偏了。

那头阿贡盗龙还在追。

“再打！”派珀大喊。

“不行了，”达什喊道，“它需要时间充电。”

“我们要回到航天飞机上了，”加布里埃尔大声说，“我们将发射升空，返回云豹号，找找别的办法。”

“在那东西追上我们之前，你能起飞吗？”达什问道。

“我想可以。如果我从硬盘进行热启动，我能……”

加布里埃尔剩下的话卡在了喉咙里，这时他看到云猫号自己正在发动。光束照耀着下方，发动机正在旋转。

“告诉我那是你做的。”派珀说。

“不……不……不是我。”加布里埃尔口吃似的说。

发动机声音越来越响亮，云猫号从谷底拔地而起。

达什扭头对着他的腕带电脑喊道：“卡莉，发生了什么？

云猫号刚刚自己飞走了！”

卡莉回答说：“我……我不知道。克里斯丢下我一个人在这里，肯定是他干的。”

“克里斯！”达什脱口而出，“他正在救他的玩具飞机，却把我们扔在了下面。”

达什回头一看，那头阿贡盗龙跟他们之间的距离正在迅速缩短。

怪兽愤怒地嚎叫着，不顾一切地想要复仇。

“我们不能在露天待着，”达什说，“它会追杀我们。掉头回到雨林去，也许在那里我们可以甩掉它。”

“真的吗？”加布里埃尔说，“我在那里什么都看不见。那些树下面的能见度几乎为零。”

“要是有更好的想法我也可以接受。”达什说。

加布里埃尔想了想，然后转向朝雨林的方向飞去，他把气垫船开到了速度的极限。派珀把手电筒的强光束集中在前方，以免他们再撞到别的树——

但这也让那头阿贡盗龙知道了他们的确切位置。

那些雨林的树木边界在远处隐隐地出现了。加布里埃尔加大油门，向那儿冲了过去。

“也许当我们进入雨林，那头怪兽会放弃。”派珀充满希望地说。

“也许吧。”达什说，虽然他并不相信。

加布里埃尔减小油门，越过了标志着茂密丛林开始的第一排树木。

“我得放慢速度，”他说，“否则我们必将坠毁。”

在感觉安全的前提下，他尽可能快速地驾驶气垫船。可还是不够快。

那头阿贡盗龙不用躲避树木，它直接撞倒了它们。那头怪兽冲进茂密的丛林， 把植被踩在了它巨大的脚爪之下。

“它是不会放弃的。”加布里埃尔说。

“让我们找个地方躲起来。”达什下令说。

加布里埃尔绕过一棵茂密的多瘤树木，希望这样能逃离那怪兽的视野。

他加大油门，向前冲去。

“那里！”派珀喊道。

前方有一丛树木和藤蔓形成了一个大洞穴，大小是气垫船的两倍。加布里埃尔加速冲向它，降低高度，快贴到丛林地面了。

“熄灭灯光。”他命令道。

派珀关上手电，加布里埃尔凭记忆飞过了最后一百码，进入洞穴。

他们在洞穴里面飘浮着掉头朝外，降落在地面上。

达什迅速带着脉冲炮站到了气垫船的前部，而加布里埃尔关掉了船上的每一盏灯光。

“大炮充好电了？”派珀小声问道。

“我想是的。”达什低声回应。

怪兽沉重的脚步再也听不到了。

“它停下了。”派珀低声说。

“我们一定是甩掉它了。”加布里埃尔说。

“但它还在外面。”达什警告。

那头阿贡盗龙仍然在移动，但它寻找猎物时更谨慎。远处传来的脚步声已经不那么疯狂,它在浓密的枝叶间来回地走着。

一分钟过去了。两分钟过去了。然后什么也没有了。没有声音，没有动静。

“它走了吗？”派珀问道。

“我刚刚想到了一件事，”加布里埃尔低声说，“如果它的眼睛对光如此敏感，这是否意味着它在黑暗中也可以看到东西？”

果然，那头阿贡盗龙吼叫着向他们扑过来时距离只有五十码远。它绝对可以在黑暗中看到东西。

派珀尖叫着，巨大的怪兽脚爪重重地落下来，离他们只有三十码。

达什摸索着试图用脉冲炮瞄准，这时……

“小心！”加布里埃尔尖叫着。

一个黑影从他们身后的洞穴深处冲了出来，咆哮着冲出洞穴，并直接朝着阿贡盗龙扑去,像一头愤怒的犀牛一样吼叫着,喷着气。

“那是什么鬼东西？”达什大叫。

“是那头母兽！”派珀惊叫道。

那只苔藓生物猛扑到阿贡盗龙的腿上，用粗壮的前肢抱住了它的脚踝，在阿贡盗龙长着鳞片的腿上咬了一口。

“我们离开这里！”达什对加布里埃尔喊道。

加布里埃尔发动引擎，从山洞里疾驰而出。

派珀用手电照向战场，正好看到那头阿贡盗龙在晃动它的腿，试图甩掉那只苔藓生物。

“它救了我们。”派珀说。

阿贡盗龙猛踢了一下那头苔藓母兽的腿，它被甩进了黑暗的丛林。

“我希望它没事。”派珀说。

“真的吗？”加布里埃尔喊道，“你就光担心它，不担心我们自己吗？”

派珀重新调整了他们前面的手电筒，照亮了眼前迷宫一般的丛林，他们必须飞过去。

“它是不会放弃的，”达什说，“我们永远摆脱不了它。”

“我们根本逃不掉了，”加布里埃尔宣布，“我们的电池快耗尽了。”

“不！”派珀悲哀地喊道。

气垫船随着发动机减速而颠簸着。加布里埃尔操纵着它，直到他们越过了热带雨林另外一侧的树木。丛林边缘到悬崖之间有三十码宽的草地，下方半英里是低处的丛林。

“没事的，”达什大声说，“我们最好徒步前进。气垫船太容易被跟踪了。”

“你知道我的椅子丢了，对不对？”派珀说。

“我背着你走，”达什回答说，“到我背上来，然后……”

阿贡盗龙冲出树丛，站上了悬崖，就在他们上方。

达什环顾四周，不顾一切地寻找脉冲炮。

那头阿贡盗龙摇了摇脑袋，导致长绳另一端的悬浮座椅疯狂地摆动。

达什看到了大炮，向它冲去……

这时悬浮座椅撞到了他的后背，把他撞得飞过了栏杆，从气垫船上摔了出来。

加布里埃尔跟在他后面跳了出来。

“我抓住你了，兄弟。”他说着把震惊的达什扶了起来。

派珀爬着拿到了脉冲炮，将其指向那头阿贡盗龙。她瞄准并扣动了扳机，但这一炮并没有打中，反把她自己撞倒在气垫船的甲板上。

这一炮甚至根本没能接近那头阿贡盗龙。

热乎乎的口水从高处滴落在他们身上。那头阿贡盗龙又饿又生气，它举起了沉重的脚爪，准备重重地踏在折磨它的这些人身上。

他们无能为力，只能退缩。

“伙计，我不敢相信会这样结束。”加布里埃尔说。

突然，一束明亮的光从天上照射下来，罩住了阿贡盗龙的头部，迫使它前前后后地甩着脑袋来保护眼睛。

他们的腕带电脑闪亮了。

“到树上去。”一个声音平静地说。

孩子们都惊愕地看着他们的手腕。

是克里斯！

派珀用手遮住眼睛，迎着刺眼的光束望着天空。“是云猫号！”她叫道。

航天飞机盘旋在怪物头顶上，光束从航天飞机的前端射了出来。

“你们有十秒的时间来保护自己，”克里斯说，“我要向阿贡盗龙开火。”

“云猫号上有武器吗？”加布里埃尔惊讶地问。

“你是怎么上船的？”达什对他的腕带电脑大叫道。

“我不在船上，”克里斯说，“我正在云豹号上控制它。”

阿贡盗龙摇晃着脑袋，与导致它痛苦的光束抗衡。

达什看到悬浮座椅在他们附近摆动，这次他已经准备好了。

“把派珀放到树上。”他命令道。

加布里埃尔爬起来，身子探进气垫船。

“我们走吧。”他对派珀喊道。

派珀拖着腿爬向他。加布里埃尔搂住她的腋下，把她拉了出来。

“达什在哪里？”

“他就跟来。”

他没有跟来。他蹲在气垫船旁边隐蔽自己，他的眼睛盯着摇摆的悬浮座椅。

突然，那头苔藓生物再次从树丛中跳了出来。

这只母兽也没有放弃，它抓住阿贡盗龙的腿，咬在它的脚踝上。

阿贡盗龙一声哀鸣，单膝跪地。

达什冲了出来，差点被撞到地面的恐龙膝盖压碎。他没有停下来想自己差点儿被压成肉酱。他疯狂地四处寻找，直到找到了他想要的东西：悬浮座椅正在地面上，因为那头阿贡盗龙跪在了地上。

“你得走了，达什。”克里斯平静地说。

“给我十秒钟时间。”达什回答道。

他爬起来跑向悬浮座椅，这个距离已经近到可以触摸阿贡盗龙有鳞片的皮肤。他心惊胆战，但努力保持注意力集中。他拿到了悬浮座椅，翻转过来，跳了上去。

“希望你没被摔坏。”他自言自语。

达什拉下操纵杆，椅子飘浮了起来。

“太好了！”

他迅速环顾四周，看到一棵粗壮的树，上面有一个V形的树杈。完美！他发动椅子飞了过去，通过V形树杈，并再次盘旋通过一次，把绳子缠在树的另一侧。

“离开那里，达什。”克里斯警告说。

达什跳下悬浮座椅，让它落入树杈里。

苔藓生物仍然攀在阿贡盗龙的腿上。巨大的怪兽低头猛甩，把它抛回森林里去了。然后，那头巨兽重新站起来，试图直立，但绳子绷紧了，阻止它完全站起来。

达什快速跑到树林里，跳过一根倒下的大树，躲在它后面。

“拿下它吧！”他对着他的腕带电脑喊道。

云猫号的前炮爆发了，向那头阿贡盗龙发射了强大的能量。每门大炮的威力都是达什用的脉冲炮的十倍。但克里斯没有瞄准阿贡盗龙，他击中的是巨兽和树丛之间的地面。

达什起身，跑到其他人那里，蹲在他们旁边。

“没人告诉我那只‘猫’有爪子。”加布里埃尔说。

“他没有瞄准阿贡盗龙，”派珀说，“他在做什么？”

粉碎一切的攻击仍在继续，一轮又一轮的能量输入地面，把泥土像喷泉一样扬到空中，再像雨点一样落在其他人的身上。

那头阿贡盗龙绝望地试图后退，但绳子连着树使它无法移动。它与绳子搏斗，但只是让卡在树杈中间的悬浮座椅更牢地卡在树上。随着高能量光束的猛烈轰击，在它脚边爆炸的能量让它逐渐失去了平衡。

“他为什么不直接打怪兽呢？”加布里埃尔问道。

答案几秒钟后就出现了。

地面震动起来，但不是来自阿贡盗龙。随着一声低沉而令人揪心的隆隆声，巨兽脚下的地面消失了，悬崖崩塌了。

阿贡盗龙伸出脚爪试图抓住东西，太晚了，悬崖的大部分土地整体下落，阿贡盗龙也随之掉了下去。它在迅速崩解的悬崖上拼命地抓，但松散的泥土在它的抓握下崩塌了。

随着一声令人胆寒的尖叫，阿贡盗龙摔落下去。

三个孩子坐在一起，一动不动，直到他们听到远处阿贡盗龙摔落到下方丛林的碰撞声。他们就那样坐了整整一分钟，想确认那怪兽真的消失了。

“结束了吗？”派珀问道。

他们看到右边有什么在动，不禁恐惧地蜷缩在一起。

站在他们躲藏的岩石上的，是用前爪站立的苔藓生物。它上气不接下气，几乎无法站立。

“我想，在 J-16 行星上还是有智慧生命的。”达什说道。

派珀举起手，向它挥了挥，好像在说“谢谢你”。

那母兽收到她的感谢，转身离开，蹒跚着到丛林中去找它的孩子们了。

“我从未料到这一点，”加布里埃尔说，“一点儿都没有料到会是这样。”

达什爬向悬崖，停在树丛边缘。

“你们得来看看。”他召唤其他人。

目光所及的四分之三的地面都消失了。悬崖的边缘移近了二十码。气垫船在边缘摇摇欲坠。

从下方的山谷里，他们听到了阿贡盗龙的叫声。它还活着，但已经不再是威胁。

云猫号飘浮在头顶，用光束照耀着孩子们。

“大家都好吗？”克里斯通过腕带电脑问道。

“我们很好。”达什说。

“我会找到一个安全的地方着陆，”克里斯说，“你们就请拉起绳子。”

云猫号贴着悬崖飞走了。

“绳子？”加布里埃尔问道，“他在说什么？”

达什立即意识到了。

“帮我一下。”他说着，爬过几块石头，走到悬浮座椅缠住的那棵树旁。

加布里埃尔靠近他，看到绳子仍然挂在悬浮座椅上，从悬崖上垂下去。

“这怎么可能？”加布里埃尔问道。

他们都抓住绳子，一起努力拉。

“很沉。”加布里埃尔说。

他们拉着绳子，但绳子好像永远也拉不完，他们的胳膊都因为用力而热得要烧起来了。就在他们达到耐力极限之前，他们举起了系在另一端的重物。

派珀爬近他们，看到了钳在重物上的闪闪发光的金属工具。

“我猜它得用另一边嘴咀嚼一段时间。”派珀说。

加布里埃尔笑了。

达什也笑了。

派珀笑得最厉害。

他们做到了。

三个人摔倒在一起，知道他们完成了六分之一的任务，压力顿时一扫而空。

这颗恐龙牙齿是他们的了。

第22章

空气闸门打开了，达什、派珀和加布里埃尔站在云猫号的发射舱前。三人满身泥土，衣服破烂，污秽不堪。达什背着派珀，他们看起来好像经历了一场战争。

确实如此。

在机舱里等他们的是卡莉、蒸汽和克里斯。

“J-16 行星，”加布里埃尔大声说，“是个很不错的风景胜地，但我不想住在那里。”

卡莉跑了过来，把他们拉到一起，来了个集体拥抱。

“我以为你们都完了。”她说。

“是完了，”达什说，“大约十次。我们在好运终于要用完的时候，克里斯出现了。”

“你们的表现都堪称典范，”克里斯动情地说，这让他们有点小惊讶，“从设置陷阱，打倒阿贡盗龙，到达什的快速思考取下牙齿。恭喜你们。”

“谢谢你。”达什对克里斯说。

“你可以从上面这里控制云猫号？”加布里埃尔问道。

“我可以。”克里斯回答说。

蒸汽走了上来，给派珀推过来一把悬浮座椅。

“幸好我们有备件，长官。”这个机器人说。

达什轻轻地把派珀放在悬空飘浮的椅子上。

几个 ZRK 从他们身边飞了过去，它们要到发射台，给云猫号做一次简单检查。

克里斯说：“等天亮了，我会飞下去取回牙齿和气垫船。”

“需要帮助吗？”加布里埃尔问道。

“不用。”

“很好，因为我不会再去那里了。”

“再次祝贺你们，”克里斯说，“你们应该庆祝一下。”然后他转身要走开。

“等等！”派珀叫住了他，“你也是这个团队的一员。”

克里斯不知道该如何回应。

“来吧，伙计，”达什说，“如果不是你，我们还在下面呢，而且不会好看。”

“你们希望我参加你们的庆祝？”克里斯惊讶地问道。

“天啊，这听起来如此激动人心。”加布里埃尔说。

“我们当然要你一起来。”派珀回答。

“很好，”克里斯露出了最微小的笑容，说道，“你们收拾一下，一小时后在用餐区碰面。我会准备一个惊喜。”

克里斯朝管道走去。

“我确信我再也不想要他的惊喜了。”加布里埃尔不安地说。

卡莉从队伍中退了一步，快速地审视了他们一遍。

“你们真是一团糟。”她怪笑着说。

“是的，”加布里埃尔说，“但我们是挺棒的。”

“是啊，我们棒棒的。”派珀高兴地喊道。

加布里埃尔补充说：“我们有一个钢铁般的指挥官，他把我们带了回来，还有一颗非常大的牙齿。真棒！伙计，真的很棒！”

他举起拳头，感激地跟达什碰了碰拳头。

“这是团队努力的结果。”达什谦虚地说。

一小时后，队员们走进餐厅，惊奇地发现桌子上摆满了五颜六色的饼干、蛋糕和馅饼。

“哇！”派珀喊道，“他刚才不是在开玩笑！”

克里斯从飞船上的厨房匆忙走了过来，制服上还沾着面粉。

“这是一个小时内我能做到的全部了，”他说，“感觉如何？”

“这怎么可能？”加布里埃尔震惊地问道。

克里斯说：“我工作很快，而且大部分是预备好的。”

“你不仅是一个天才，还是一个伟大的厨师？”卡莉惊呼。

克里斯耸耸肩：“当然。”

加布里埃尔跳到一个座位上，扫视着丰盛的各式糖果。“如果在剩下的行程里，你一直能做这样的饭菜，我就可能会原谅你的一切。”

每个人都在餐桌边找到座位坐了下来，抓过高耸的巧克力蛋糕和热气腾腾的蓝莓馅饼，甚至火箭都得到了一片蛋糕。克里斯加入他们，吃了一片馅饼，同时倾听着团队成员复述他们在 J-16 行星上的冒险。

“那么现在要做什么？”达什问克里斯。

“我会带回牙齿的一部分，卡莉将把它放入元素合成器，打碎成恐龙牙粉——也就是索尔斯能源的第一种元素。”

“恐龙牙粉？”达什问道，“你是怎么知道这一切的？”

克里斯在回答之前停顿了一下，好像他并不希望被问到这个问题。

“这是经过多年的实验。”

“但是，粉碎的阿贡盗龙牙齿？”加布里埃尔怀疑地说，“这太出人意料了吧？”

“这仅仅是六种元素中的第一个，”克里斯说，无视质疑的目光。

队员们鸦雀无声。现实又回来了。

“我们下一步去哪里？”卡莉问道。

克里斯用餐巾擦嘴，站了起来。“享受今天吧，”他说，“明天还有足够的时间来担心。晚安，再次祝贺你们，工作做得很棒。”

众人互道晚安之后，他带着火箭离开了。

第二天一大早，当队员们还在睡觉时，克里斯带着几只 ZRK 进入了云猫号。他熟练地驾驶航天飞机出了发射舱，径直飞向 J-16 行星的表面，在那片悬崖上着陆。这里的太阳升起来了，把金色的温暖阳光撒向整个世界。舱口打开时 ZRK 就立即去工作了，它们将电源线从云猫号接到气垫船，为它的电池充电。另一些围拢在被炸毁的悬浮座椅周围，把它撬开，带进了云猫号。

当 ZRK 们工作时，克里斯径直去找躺在草丛中的那颗庞大的阿贡盗龙牙齿。它足有一台洗衣机大小。克里斯取下金属钳，换上了一把小电锯来工作。他首先把牙齿根部的大部分跟锋利的顶端分离，然后把根部锯成两半。牙齿根部是制造阿贡盗龙牙齿粉末所需要的。他知道自己只需要一张课桌那么大的一块，将剩下的一半牙根留在了悬崖上。

当牙根被安全地存放在云猫号上时，克里斯再次离开航天飞机，跳上气垫船。ZRK 拔下充电电缆后，克里斯驾驶它驶向云猫号。但他没有停留，而是直接掠过它，直奔雨林。

他在倒下的树木和扭曲的藤蔓上方疾驰而过，来到洞穴处。达什、派珀和加布里埃尔曾经在那里躲避怒气冲冲的阿贡盗龙。他把气垫船降落在前一天晚上怪兽留下的巨大脚印里。他看着深深的凹痕，不禁颤抖了一下。如果那个怪兽伤害了孩子们，他决不会原谅自己。

他不得不把那幅景象从头脑里驱逐出去，因为他在执行任务。他大胆地走进洞穴，好像非常熟悉要去的地方。他用腕带电脑上的手电筒来引路，跳过几块石头，它们看起来像是某些恐龙用餐后留下的骨头。他来到排列成三角形的保龄球大小的岩石跟前，它们看起来好像几十年来都没人碰过，这让他松了一口气。

克里斯把石头推开，用手在软土里挖。在地面六英寸以下的地方，他就碰到了金属。他挖得更快了，不一会儿就掏出一个鞋盒大小的金属容器。他掸去泥土，把盒子夹在腋下，回到气垫船，飞回峭壁上，把气垫船连接到云猫号，然后升空返回。克里斯回到云豹号的时候，其余的队员甚至尚未醒来，谁都不知道他从 J-16 行星上带回了珍贵的纪念品。

“这有点恶心。”派珀说。

他们着迷地看着卡莉巧妙地将锋利的半个恐龙牙根放在烤箱大小的元素合成器里。

没有人比克里斯更紧张，他不想犯错。

卡莉遵循她的检查清单，在设置适当数值的同时，关闭了每一个阀门和排气口。

共有十项设置调整，每一项控制合成过程的不同方面，它必须是完美的：温度、压力、湿度、空气质量和时间，还有其他五项，卡莉也不知道它们的意思，仪表上标记着一系列不认识的字符。她发现自己并不知道这个过程是如何运作的，她所做的只是听从指示，希望能正确操作机器。

当一切都设置好了，她瞥了一眼其他人，说：“就这些了，没有别的。”

她按下了标有“加工”的按钮，机器就开始工作了。在坚固的钢门后，传来了一些咔嚓声和剐蹭声，但它并不比她做过的那些练习过程更有趣。

“它到底在做什么？”达什问克里斯。

“它把牙齿分解成基本的元素，”克里斯回答，“这些化学物质将与其他五种元素融合，以创造索尔斯能源。”

这个过程花了五分钟。机器停止，绿色的“完成”灯亮了。

“你要把它拿出来吗？”加布里埃尔问道。

“不，”卡莉回答说，“它就留在元素合成器中，等待添加其他五种元素。但我们可以看看它的样子。”

他们走到第一个有玻璃前窗的更小的门前，所有的眼睛都向里面望去，一个银色的容器在传送带上向前移动，然后它停在窗口跟前。

“就是这样吗？”加布里埃尔疑惑地问，“就是这样一碗灰尘？”

“我想是这样的。”卡莉对着克里斯说。

克里斯露出了一个大大的满意的微笑。他凝视着容器，仿佛它盛放的是宇宙中最珍贵的宝石。

“就是这样。”克里斯说，“现在，我们进行第二步。”

二十分钟后，阿尔法队队员被固定在他们的导航甲板座位上。

在显示器上出现的是克里斯，他坐在他房间里自己的座位上。克里斯的旁边是在定制飞行笼里的火箭。

蒸汽被连接到导航甲板的后墙上。

加布里埃尔戴上了他的飞行眼镜。

“当我们脱离轨道时，我们应该能够再次与地球联系。”克里斯解释道，“肖恩会急于听到我们是否成功完成第一项任务。”

“肖恩？”卡莉问道。

“菲利普斯指挥官。”克里斯回答道。

“我想我们的家人也想知道。”达什说。

“那么，我们要去哪里？”加布里埃尔说，“是时候告诉我们了。”

“坐标已经输入，”克里斯回答道，“我们旅程中的下一颗行星叫作元初星。”

“等等，”卡莉说，“我听说过这个名字。”

“我也是，”派珀说，“这是在十号基地的那项挑战，有机器人和机械，还有移动地板。我们在元初星要面对的就是那些吗？”

“是的。”克里斯简洁地回答道。

队员们交换了不安的神色，这不是令人欣慰的消息。

“我想我宁愿和恐龙打交道。”加布里埃尔说。

“我们正在接近轨道脱离窗口。”克里斯宣布。

加布里埃尔点击回到驾驶模式。

“好。伽马驱动准备就绪，最大增压负载已固定，我们要进入伽马速度了。所有人都准备好出发了吗？”

“出发。”

“出发。”

“出发。”

“蒸汽？”加布里埃尔喊道。

“出发吧，长官！”

“好的！伽马速度准备，五，四，三，二，一，点火。”

下一站，元初星。

第23章

J-16 行星的热带世界在云豹号的后视镜中缩小了，它只是被外星人的造访短暂打扰过。除了一只阿贡盗龙丢了一颗牙齿，一切都恢复了正常。

几乎是一切。

一阵持续的响声打破了热带丛林的寂静，那是 ZRK 飞行的声音。一群六只橙色皮肤的 ZRK 列队飞行，方向是克里斯用云猫号刚制造出来的新悬崖边缘。草地上留下的是阿贡盗龙牙齿的残体。ZRK 在残体上方停住了，盘旋着，观察着。

它们飞回到停在悬崖边缘的一艘圆滑的白色飞船上。这艘飞船大小相当于一座小房子，有尖尖的前端和三脚架基座。顶部的两个门打开了，ZRK 进去了。一个男孩从船上出现，并向 阿贡盗龙牙齿的方向走去。

一个小时后，男孩回来了，发动机发动了，飞船升空。它飘浮在悬崖的边缘停留了片刻，然后直冲向天空。

在行星表面上空数英里处，另一艘宇宙飞船正停留在轨道上。这是一艘白色的船，看起来像一个会飞的楔子，前端有一个尖锐的鼻子，然后迅速膨胀成一个三角形。小型飞船驶近了巨型飞船，通过船尾的一个空气锁进入内部。

在导航甲板上，有四把飞行座椅面对中央显示器，这个甲板与云豹号的导航甲板非常相似。在显示器上出现的是一个白发苍苍的人，正是那个从山脉深处观察十号基地比赛的人。

“我看到牙齿已经拿到了，”那人说，“它应尽快在元素合成器中被处理。但首先，你必须在正确的路径上。我们不希望云豹号领先得太远，你锁定它的伽马轨迹了吗？”

“小菜一碟，”驾驶员回答，“这就像是在跟踪面包屑一样，我们就是这样来到这里的。”

“别跟得太近，”那个男人警告说，“我不想让他们知道他们已经有了同伴，至少不是现在。一路顺风，光刃号。”

显示器变黑了。

被称为光刃号飞船的驾驶员扫视了一下他座位上的控制面板，这正是云豹号控制面板的精确复制品。

“好了，伽马驱动器准备就绪。”他说，口气非常严肃，“最大增压负载已固定，该飞了。所有人都准备好出发了吗？”

“出发。”西恩娜·莫雷蒂回答道。

“出发。”尼克·罗德里格斯说。

“让我们离开这里。”安娜·特纳在指挥官的座位上叫道，“我已经讨厌这个地方了。”

“好吧！”拉维·查文说着，扶了一下他的飞行眼镜，“奥米伽队队员即将离开这里，四，三，二，一，点火。”

“我们来了，达什·康罗伊。”安娜说。